Peter Lenzyn

Im grünen Raum von Saint-Leu

Roman

mitteldeutscher verlag

1

Hélène ließ mich gar nicht zu Wort kommen. „Du hast ja Blut an den Händen.“

„Es ist meins.“

„Wieso sagst du das? Von wem soll es sonst sein?“

„Hélène, ich muss für einige Zeit verschwinden.“

„Was ist passiert?“

„Ich weiß nicht alles, ich bin ziemlich schnell abgehauen.“

Ich machte das Radio an und hoffte auf Nachrichten. Aber es kam bloß Musik. Ich nahm den großen Rucksack und begann zu packen.

„Wo willst du hin?“, fragte Hélène.

„Zurück nach La Réunion.“

„Das ist weit weg.“

„Deshalb ja.“

„Ich werde dich nicht sehen.“

Ich zögerte mit der Antwort. „Vielleicht ist das gut so.“

„Für dich vielleicht.“

„Auch für dich.“

Im Radio kamen die Nachrichten. Ich setzte mich zu Hélène aufs Bett und hörte zu.

Verschiedene Augenzeugen kamen zu Wort und rekonstruierten den Hergang. Sie sagten, der Unfall wäre im Alma-Tunnel geschehen, der Mercedes hätte einen Pfeiler gerammt, wäre außer Kontrolle geraten; er hätte die Mauer am rechten Tunnelrand berührt und sich dann mehrfach überschlagen. Der Liebhaber und der Fahrer sollten sofort tot gewesen sein, der Leibwächter in einem Krankenhaus um sein Leben ringen … und die Prinzessin: sie wurde leblos im Heck gefunden, konnte aber wiederbelebt werden – das jedenfalls behauptete jemand.

Hélène schaute mich mit geweiteten Augen an.

„Ich konnte sie im Wrack sehen", sagte ich, „sie lebte noch, sie schaute einen von uns an, sie nahm seine Hand und fragte ‚Was ist geschehen?'"

„Hast du ihr geholfen?"

„Jemand anderes war bei ihr. Er sagte ‚Bleiben Sie ruhig, es war ein Unfall. Alles wird gut.' Ein Lichtstrahl wanderte über ihr Gesicht: Es war wirklich die Prinzessin."

„Was hast du gemacht?"

„Ich stand einfach da."

„Hast du Fotos gemacht?"

„Ich bin abgehauen."

„Du hättest ihr helfen müssen."

„Es gab andere. Ein Arzt war sofort da."

„Haben die anderen Fotos gemacht?"

„Ich weiß es nicht."

„Und vorher? Hast du vorher Fotos gemacht?"

„Ja, natürlich, aber das ist meine Arbeit."

„Weiß James davon?"

„Bestimmt wird er es längst erfahren haben. Alle wissen es."

Es kamen erneut Nachrichten. Die Prinzessin war in einer Klinik auf dem linken Seine-Ufer. Nach Angaben der Ärzte litt sie unter einem schweren Schock, einer ernsthaften Verletzung der linken Herzkammer, inneren Blutungen und mehreren Knochenbrüchen.

Ich hatte das Notwendigste in den Rucksack gestopft und zog meine Lederjacke an. „Ich melde mich, wenn ich angekommen bin. Ich gebe dir meine neue Adresse durch, meine neue Telefonnummer."

„Jetzt stiehlst du dich wirklich davon. Einfach so. Das ist doch aus einem anderen Grund. Das ist doch wegen Rambouillet."

„Aber ich … du …"

„Wegen Rambouillet!"

„Wovon redest du?"

Hélène schüttelte den Kopf. „Du musst nicht gehen. Du hast nichts gemacht."

„Das wird nicht jeder so sehen."

„Das ist doch wirklich dein Blut, oder?"

„Ja."

„Versprichst du mir das?"

„Ja."

„Dann bleib hier!"

„Ich melde mich, wenn ich angekommen bin."

Am Flughafen Charles de Gaulle erfuhr ich, dass die Prinzessin tot sei. Die Kriminalpolizei war eingeschaltet worden, die ersten Ermittlungen wurden aufgenommen, sieben Fotografen wurden in Gewahrsam genommen, nach zwei weiteren wurde gefahndet. Es ging um die Frage, ob der Fahrer des Mercedes von den Fotografen bedrängt wurde; auch hätten die Fotografen an der Unfallstelle fotografiert, statt Erste Hilfe zu leisten oder Hilfe zu rufen.

Ich überlegte, mich der Polizei zu stellen.

2

Ich habe im Alter von zehn bis vierzehn – also fast fünf Jahre – auf La Réunion gelebt. Wir hatten dort einen Nachbarn, über den ich sagen konnte, dass er – wann immer ich ihn sah – rauchte. Er rauchte eine Zigarette nach der anderen, er blies und pustete Wolken in alle Richtungen, ich habe ihn nur einmal ohne Zigarette gesehen, das war, als er mich in seinem Helikopter mitnahm und mir La Réunion aus der Luft zeigte.

Er zeigte mir La Réunion, als ich vierzehn war und die Insel wieder verlassen wollte. Er tat das, weil er mich dazu bringen wollte, zu bleiben. Denn mit mir würde auch meine Mutter bleiben.

Ich hatte meiner Mutter gesagt, was ich von unserem Nachbarn und seinen vielen Zigaretten hielt. Der Gedanke, dass so einer den Platz meines Vaters einnähme, machte den Tod meines Vaters noch viel schlimmer.

Unser Nachbar war ein kleiner Mann, dessen dicker Bauch über der Gürtelschnalle hing; sein Gesicht leuchtete puterrot unter blondweißen Haaren; er trug eine Brille mit Gläsern, die sich abhängig von der Sonneneinstrahlung verdunkelten. Hinter diesen Gläsern wirkten seine Augen, als wären sie voller zu versteckender Geheimnisse. Er sprach recht offen über seine nicht funktionierende Ehe und seine beiden missratenen Kinder. „Sie haben mich sehr enttäuscht“, sagte er immer.

„Du kriegst meine Mutter nicht."

Ich brachte meine Abneigung gegen unseren Nachbarn ziemlich unverhohlen zum Ausdruck. Er ließ aber trotzdem nicht davon ab, mich für sich gewinnen zu wollen.

Mit seinem Helikopter landete er in unserem Garten und wehte dabei zwei Plastikstühle in den Pool. „Willst du den Piton de la Fournaise sehen?", fragte er mich, als ich eingestiegen war. Einige Minuten später flogen wir einen Kreis durch den dampfenden Krater des Piton de la Fournaise. „Willst du das Trou de Fer sehen?" – und gleich darauf flogen wir eine Acht durch das Trou de Fer mit den drei Wasserfällen und den im Wassernebel leuchtenden Regenbögen. Wir flogen vom Cirque de Salazie in den Cirque de Cilaos und weiter in den Cirque de Mafate – über Dörfer, die auf hohen, von der Sonne angestrahlten Bergplateaus angesiedelt waren und von denen sich silbrig glänzende Serpentinenwege in alle Richtungen wegschlängelten; durch tiefe, dicht bewaldete, von Fledermausschwärmen bevölkerte Schluchten – und über hohe, kahle Bergspitzen oberhalb der Wolkendecke. Wir flogen die springend herabkommenden Bergflüsse hinauf; über sattgrüne Zuckerrohrfelder hinweg und entlang der Strände der Hermitage; das türkise Wasser der Lagune und – weit draußen – die weiße Schaumlinie der auf das Riff schlagenden Wellen.

Unser Nachbar flog mich wieder zurück, landete bei uns im Garten, sagte: „Du musst eine sehr wichtige Entscheidung treffen, ich hoffe, du triffst sie richtig", hob mit seinem Helikopter ab und flog zum Golfplatz du Bassin Bleu, wo er sich für den Nachmittag für achtzehn Löcher verabredet hatte.

Meine Mutter redete auf mich ein. „Er bietet uns Garantien, finanzielle Sicherheit."

„Das ist mir egal."

„Wir können hierbleiben."

„Das geht auch ohne den."

„Das geht nicht, das musst du verstehen."

Ich schüttelte angewidert den Kopf.

„Gut", sagte sie, „ich hoffe, du wirst es nicht bereuen."

Ich wusste nicht, wie schwer es nach den Jahren in La Réunion sein würde, sich an eine Welt zu gewöhnen, die kein Meer hat und in der es nicht das ganze Jahr hindurch warm ist. Und weil ich es nicht wusste, sagte ich: „Dann gehen wir wieder nach Paris."

„Ich will nur, dass du glücklich bist", sagte meine Mutter.

„Das will ich auch für dich." Ich war von meiner ausgedrückten Liebe zu meiner Mutter so überrascht, dass ich sie gleich zu überspielen versuchte. „Mit dem hätte ich dir das nämlich verdorben."

Ich stellte mir vor, wie sich unser zigarettenrauchender Nachbar mit meiner Mutter in den Freiluftjacuzzi gesetzt und mit einer Flasche Champagner auf den Sonnenuntergang angestoßen hätte; auch hätte er die in unseren Pool gefallenen Kokosnüsse herausgefischt, ein Loch reingehackt, einen Strohhalm hineingesteckt und sie mir mit einem Augenzwinkern hinter den dunklen Gläsern gegeben. Und wenn wieder ein Zyklon durch unseren Garten gefegt und eine Palme umgelegt hätte, wäre er wieder mit einer Machete gekommen, hätte die Palme zerhackt, das Palmenherz herausgenommen und daraus einen Salat gemacht. Wir würden den Palmenherzsalat gemeinsam und in großer Trauer um den vom Zyklon umgewehten Baum essen – und bald würde der Mann erneut von seiner nicht funktionierenden Ehe sprechen und von seinen Kindern, die ihn wirklich schwer enttäuscht hätten.

Der Mann hatte sich in den ersten Wochen, die mein Vater tot war, von seiner besten Seite gezeigt, und da er mit seiner die Inseln von La Réunion, Mauritius und Mayotte beliefernden Offsetdruckerei sehr gut im Geschäft und also sehr vermögend war, stand er bei meiner Mutter hoch im Kurs. Es wäre nicht die schlechteste Wahl gewesen. Meine Mutter wäre mit mir auf La Réunion geblieben. Ich wäre mit Pierre-Yves, Guy und den anderen – vielleicht auch mit Abasse – weiter auf den Wellen von Roches Noires, Boucan Canot und Trois Bassins gesurft, ich hätte die Angst vor der Welle in Saint-Leu verloren und wäre sie mit größerer Regelmäßigkeit gesurft; ich hätte mein Abitur am Lycée Plateau Caillou gemacht, diesen Nachmittag mit Joëlle am Strand von Petit Boucan vergessen – und ich wäre mit einer hübschen, weißen Festlandfranzösin zusammengekommen. La Réunion hätte ich vielleicht noch einmal für den Militärdienst verlassen. Aber ich wollte unseren zigarettenrauchenden Nachbarn nicht bei uns im Haus haben.

Zwei Monate nach dem Tod meines Vaters ging es nach Paris. Wir nahmen ein großes Flugzeug von Air France. Es startete in Gillot, hob ab und drehte eine Kurve über dem Meer. Wie es also schräg in der Luft lag, konnte ich ein letztes Mal auf La Réunion schauen, die hohen, grünen Berge, die Steilküste mit den schwarzen Felsen, Saint-Denis mit seinen weißen Häusern, welche um den Barachois herum dicht an dicht standen, höher in den Bergen vereinzelt weiß leuchteten und sich bald in einer Schlucht verloren, entlang eines trockenen Flussbetts – ein letztes Haus dort irgendwo hingeworfen wie ein Würfel, mit dem man seinen Einsatz verwettet hat.

In Paris zogen wir in eine große Wohnung mit Dachterrasse in der Rue de l'Amiral de Joinville in Neuilly. Es war eine Wohnung, die der Familie meines Vaters gehörte. Sie wurde meiner Mutter unter der Bedingung gegeben, dass ich auf das Lycée Général „Louis Pasteur" ging. „Eines der besten Vorbereitungsschulen", sagte mein langhaariger Onkel, „Fundament meines eigenen Erfolgs."

Von seinem Erfolg erzählte mir mein langhaariger Onkel öfter. „Den größten Coup habe ich in Courchevel gelandet – es war bitterkalt, beim Unterschreiben der Verträge mussten wir Handschuhe tragen."

Mein Onkel war ein Mensch, der in Paris – und über Paris hinaus – etwas hergab; man konnte sagen, er war bekannt, denn er trat im Fernsehen auf. Immer wenn er das tat und sich zu einer anstehenden Firmenfusion äußerte, fanden wir uns vor dem Fernseher ein und schauten zu, wie er darüber sprach, ob durch diese Firmenfusion Werte geschaffen würden, ob Arbeitsplätze verloren gingen, es kartellrechtliche Bedenken gäbe, nationale Interessen berührt wären und so weiter. Da saß er im Fernsehen, seine tiefdunklen Augenringe mit einem Batzen brauner Farbe überspachtelt, seine hellgrauen Haare aus der Stirn gegelt und im Nacken zu Schwanenfedern aufgeplustert, und brummte präzise, scharfe Sätze ohne „Ähs" und „Öhs“ hervor, Sätze, die in der Tagespresse intensiv diskutiert wurden und ihm anonyme Morddrohungen einheimsten, mit denen er dann herumprahlte. Mein Onkel wurde von der liberalen Gesellschaft Frankreichs gefeiert wie ein Seher, einer, der die Verhältnisse der französischen Wirtschaft vor allen anderen begriff – und wenn man von keinen Verhältnissen sprechen konnte, legte er sie mit ein paar im Fernsehen gebrummten Sätzen fest. Er hatte so eine besondere, überzeugende Präzisionsstimme, die tief und kraftvoll war und den Nippes auf den Kaffeetischen zum Hüpfen brachte. Und wie er es schaffte, für die gesamte Wirtschaft des Landes die Verhältnisse festzulegen, meinte er, es auch für meine Mutter und mich tun zu können.

Ich ging also auf das Lycée Général, kam in die Première und sah mich umgeben von Schülern, die sich messingpolierte Brieföffner zum Geburtstag wünschten, ihren Eltern eine Freude damit bereiteten, lange Abschnitte aus den Iliaden auswendig aufzusagen – und klare Ideen darüber hatten, was sie später mal werden wollten.

Als sie erfuhren, dass ich viele Jahre auf La Réunion gelebt hatte, wussten sie erst nicht, wo das war, und als sie von ihren Eltern hörten, dass das eine der französischen Inseln im Indischen Ozean wäre, schoben sie ganz hauptstädtisch hinterher, dass ich demnach aus dem Konfetti des Imperiums stammte.

Ich hatte ziemliche Anlaufschwierigkeiten. Meine Schulnoten waren schlecht, ich ließ mich hängen. Meine Mutter wusste nicht, wie sie mit mir umgehen sollte, sie bestellte einen Nachhilfelehrer. Der Nachhilfelehrer roch so stark, dass ich es ihm sagte: „Ich wäre Ihnen dankbar, wenn Sie sich vor ihrem nächsten Besuch gründlich waschen würden, bitte auch unter den Achseln und an den Genitalien."

Statt sich vor dem nächsten Besuch ordentlich zu waschen, warf der Nachhilfelehrer meiner Mutter vor, sie hätte mich überhaupt nicht erzogen und würde ihrer Verantwortung als elterliche Instanz nicht nachkommen. Er beendete sein Erscheinen bei uns mit dem Zuschlagen der Wohnungstür, welches, da es sich um eine schwere Altbautür handelte, einen ziemlichen Eindruck hinterließ.

Meine Mutter glaubte wirklich, sie würde sich hinsichtlich meiner Erziehung nicht verantwortungsvoll verhalten und machte sich allerhand Gedanken, wie sie mich für die Schule begeistern könnte.

Ich war wieder einmal mit einer schlechten Note nach Hause gekommen. „Sieben!", sagte ich und warf mein Physikheft auf den Küchentisch. Meine Mutter schaute mich an, begann zu weinen und sagte: „Ach, tu mir das doch jetzt nicht an." Für einen Moment bekam ich Schuldgefühle, welche mich vielleicht dazu gebracht hätten, etwas für die Schule zu tun. Aber ich bemerkte, dass meine Mutter Zwiebeln schnitt, und auch sie bemerkte, dass ich es bemerkt hatte – es waren also die Zwiebeln, die sie zum Weinen brachten –, und dann fiel uns nichts Besseres ein als zu lachen; das Lachen krampfte sich in uns fest, meine Mutter konnte sich kaum noch halten, und dann rutschte ihr auch noch das Messer aus der Hand, es fiel herunter und rammte seine Spitze ins teure Teakparkett. Wir schauten auf das dort zitternd stehende Messer und verstanden es als Symbol der so strengen Familie meines Vaters – und dann lachten wir erst recht; wir lachten und lachten, uns rollten die Tränen die Wangen herunter, ach, das tat uns gut – es war ein kurzer Moment, für den wir befreit waren von diesem wahnsinnig ernsten Paris, diesen ganzen Menschen, die sich hinter Fehlerlosigkeit und Hochpräzision verschanzten und es willig hinnahmen, für ihre gute Stellung im Leben schlecht auszusehen.

Irgendwann hörten wir mit dem Lachen auf, das Physikheft mit der Sieben lag immer noch auf dem Küchentisch.

Ich brauchte wirklich sehr lange, um in mein Pariser Leben hineinzufinden. Dass es mir am Ende doch ein wenig gelang, verdanke ich meiner Kunstlehrerin, einer sehr jungen, aber auch sehr ernsten Frau, die mich zu fördern begann. Aber sie tat es auf eine sehr ungewöhnliche Art. Zum Beispiel bat sie mich, Jacopo Tintorettos Bild „Frau mit entblößtem Busen“ vor der ganzen Klasse zu interpretieren.

„Was siehst du?“, fragte sie.

„Ich … äh“, sagte ich.

„Ja?“

„Ich sehe eine Frau, die nach rechts guckt, also von mir aus nach rechts.“

„Nach rechts?“

„Ja … äh … nach rechts.“

„Und was siehst du noch?“

„Äh … sie trägt ein blaues Kleid … äh, ja … und sie hat … mmh … ziemlich dicke … äh ziemlich dicke … dicke … Hände."

„Das ist richtig, manche sagen, es seien Männerhände. Wenn man die Zeit berücksichtigt, in der das Bild gemalt wurde, kann das durchaus stimmen. Was schließt du daraus?"

„Äh, woraus?"

„Daraus, dass es Männerhände sein könnten."

„Äh, weiß nich."

„Vielleicht könnte die Person, die Modell gestanden hat, ein Mann sein."

„Äh … klar, ein Mann."

„Ja."

„Aber wenn das ein Mann ist, warum … äh … warum …?"

„Warum was?"

„Naja, also … äh … die Brüste."

„Du meinst den entblößten Busen?"

„Äh … ja … die Brüste."

Die ganze Klasse lachte.

Wer am lautesten lachte, musste mit der Interpretation des Bildes fortfahren. Wir stotterten uns durch die anzüglichen Bilder des sechzehnten und siebzehnten Jahrhunderts, und die Kunstlehrerin tat so, als würde sie überhaupt nicht verstehen, warum wir einen roten Kopf bekamen.

Die Kunstlehrerin war fünf, höchstens sechs Jahre älter als ich. Sie hatte rotes, gewelltes Haar, das ihr bis auf die Schultern fiel, und eine weiße, glasige Haut, unter der blaue Äderchen schimmerten, dazu ein schmales Gesicht mit grünen Augen, festem Blick und einer spitzen, etwas schiefen Nase. Manchmal überkam sie ein Zittern oder Schaudern, als kämpfte sie um ein inneres Gleichgewicht oder als fröre sie, fühlte sich unbehaglich. Manchmal dachte ich, sie sei nervös; aber sie war nie nervös, im Gegenteil, von ihr ging immer etwas sehr Festes aus. Sie war klein, sehr schlank – ich überlegte, sie zu fragen, ob ich sie einmal hochheben dürfte, ich wollte wissen, wie leicht sie war, sie musste überaus leicht sein.

In der zweiten Jahreshälfte wechselten wir zur Kunst der Fotografie. Die Kunstlehrerin sprach vom Blick, den ein Fotograf hat. Sie wollte wissen, was für einen Blick wir hätten. Sie bat uns, zu bestimmten Themen Fotos zu machen – es waren Themen wie „Défense", „Parks und Gärten", „Champs Elysées", „Warten" und „Geschwindigkeit". Ich bekam das Thema „Métro". Ich sollte Fotos machen, die irgendetwas mit dem Thema „Métro" zu tun hatten.

Da ich die Métro genauso wenig wie Paris als Stadt mochte, machte ich Fotos, die meine angewiderte Haltung zum Ausdruck brachten. Die Fotos zeigten schwarze Tunnelöffnungen, aus denen die Métro kam oder in denen sie verschwand. Einen Jongleur, der seine fallengelassenen Bälle wieder aufsammelte. Schilder mit aufgestellten Metallnadeln gegen die Tauben. Müll, der durch die Gänge an der Porte de la Chapelle flog. Eine im Schienenbett herumirrende Ratte. Eine Frau im verrutschten Minirock, die ihren zu Boden geschlagenen Freund umarmte und dabei weinte.

Die Kunstlehrerin beschäftigte sich mit meinen Fotos und erläuterte sie vor der Klasse. Sie sprach von der Abwendung von der Welt und der Suche nach einer neuen, sie sprach von Grenzen – verbotenen Zonen, gefährlichen Zonen – wer in sie hineintritt, erhofft sich etwas von ihnen ... die Erfüllung von Sehnsüchten, eine Idee, erlösenden Tod oder belebenden Schmerz.

Ich wusste nicht genau, wovon sie sprach, das Meiste davon klang ziemlich albern. Immer wieder sagte sie: „Du hast einen besonderen Blick“, oder: „Dein Blick – so etwas ist sehr selten.“

Sie gab mir eine Neunzehn. Das war die beste Note, die sie in dem Jahr vergab. Diese Neunzehn machte meine Mutter sehr glücklich, auch wenn sie meine Fotos etwas morbide und die Kunstlehrerin ziemlich durchgeknallt fand.

Der Kunstunterricht bekam mit der Farbenlehre einen neuen Schwerpunkt. Wir besprachen Farben aus naturwissenschaftlicher Sicht und kamen zur Farbmetrik. Wir wechselten zu künstlerisch-ästhetischen Sichtweisen von Leonardo da Vinci und George Seurat und erfuhren, welche Farbtöne als kalt oder warm zu verstehen waren. Die Kunstlehrerin forderte uns auf, unserem eigenen Empfinden nachzugehen, wir schauten uns Dias an, die Farbtöne zeigten, und dann ging es darum, zu jedem Farbton etwas zu sagen.

„Dieses Gelb ist der Triumph des Hellen über das Dunkle, es ist warm, von ihm geht Signalwirkung aus, es will aufmerksam machen und warnen.“

„Dieses Rot ist das Rot des Blutes, es ist mit Leben verknüpft, es bedeutet Energie und Wärme, Freude und Leidenschaft, Liebe und Erotik, aber auch Aggression und Zorn.“

„Dieses Blau ist kalt und tief, es ist weit und klar, es vermittelt Sehnsucht, Beständigkeit, Harmonie und Zufriedenheit. Es ist das Blau des Meers."

„Das Meer ist schwarz."

Alle schauten zu mir herüber, auch die Kunstlehrerin. Ich war von der ziemlichen Bestimmtheit, mit der ich das sagte, selbst ein wenig überrascht. Aber ich sagte es noch einmal. „Das Meer ist schwarz."

Die Kunstlehrerin nannte den Blauton. Es war Ultramarinblau. Ultramarin. Sie fühlte sich bestätigt.

„Was wissen Sie denn vom Meer?", fragte ich.

„Die Farbe des Meeres spiegelt die Farbe des Himmels wider", sagte sie. „Ist der Himmel blau, ist das Meer blau. Ist der Himmel grau, ist das Meer grau. Das Meer kann also auch grau sein. Aber schwarz? Nun ja, manchmal ist auch der Himmel schwarz."

Ich schüttelte den Kopf und sagte: „Aber wir reden doch vom Meer, nicht vom Himmel."

Und dann erklärte ich: „Sie haben ja recht, das Meer ist blau. Und es ist türkis, und es ist grün – für den, der am Strand sitzt und rausschaut, wer im Wasser plantscht, wer aus dem Flugzeug schaut, wer in Reisekatalogen blättert und in die Sonne will, auch für den. Aber wenn Sie weit draußen auf offener See schwimmen, dort, wo die Fische nicht bunt und klein sind und wie Spielzeug aussehen, sondern grau und groß. Wenn Sie dort in den hohen Wellen schwimmen, in denen Sie Wasser schlucken und um Hilfe schreien, dann ist das Meer schwarz, und es wird für Sie immer schwarz sein."

Die Kunstlehrerin hörte mir zu. Die ganze Klasse hörte mir zu.

„Das Wesen des Meers ist schwarz", sagte ich, „und wer das nicht weiß, der unterschätzt es."

Es gongte zur Pause.

Die Kunstlehrerin war nicht so hilflos wie meine Mutter oder die neuen Freundinnen meiner Mutter, die einen kleinen Hund mit großen Augen in der Jackentasche hatten und gegenüber ihren Hausangestellten klein beigaben. Obwohl die Kunstlehrerin jung war, strahlte sie einen solitären Autoritätsanspruch aus und wusste sich gegenüber uns Schülern durchzusetzen. Ich erwartete, dass sie mich zur Rede stellte; wie ich denn dazu käme, ihr vor der gesamten Klasse zu widersprechen?

Wenn es um Autorität ging, hatte ich mir seit meiner Rückkehr nach Paris einiges anhören müssen. Insbesondere mein langhaariger Onkel hatte die Sorge, das tropische Klima von La Réunion hätte mich verdorben; es hätte mir die Fähigkeit genommen, mich in das in Paris herrschende Leben einzufinden. Sehr schnell redete er davon, dass es so etwas wie Autorität gab und dass sie nicht in Frage zu stellen sei. Er vermittelte mir das auf eine sehr freundliche Art, er wollte mir bloß helfen, es sei nur zu meinem Besten und so weiter. Und eigentlich redete er weniger von der Autorität als der Idee, die in Paris so ziemlich alles zusammenhielt, sondern er redete von einer sublimen, einer vorauseilenden Form. Er holte etwas aus, sprach über seine Arbeit, über die Leute, für die er arbeitete, oder die Leute, die für ihn arbeiteten, und feierte diese so sublime und vorauseilende Form als etwas, das er selbst erst hatte verstehen müssen.

Wovon er sprach, das benannte er dann mit ausgebreiteten Armen und großer Hingabe als Loyalität. Loyalität, das war es, was er mir vermitteln wollte, und Loyalität sei etwas, was man zu leisten hatte.

„Kannst du kurz dableiben?", sagte die Kunstlehrerin zu mir, als alle anderen den Klassenraum Richtung Pausenhof verließen.

Ich meinte, sehr genau zu wissen, was kommen würde.

„Ich möchte dich um einen Gefallen bitten", sagte sie. „Ich möchte, dass du mir das Meer erklärst."

Das überraschte mich ein wenig. „Wie soll ich das denn machen?"

„Vielleicht beschreibst du mir, wie du mit dem Meer aufgewachsen bist. Vielleicht schreibst du es auf."

„Eine Strafarbeit also?"

Die Kunstlehrerin lachte. „Nein, es ist keine Strafarbeit."

„Was ist es dann?"

„Es ist Neugier."

„Neugier?"

„Ich möchte wissen, was genau du verloren hast."

3

Mit dem Schreiben begann ich sehr widerwillig, fand aber bald in die Zeit hinein, die ich in La Réunion verbracht hatte – und schrieb dann mit immer größerer Freude. Die Kunstlehrerin half mir anfangs; sie suchte in dem, was ich ihr etwas ratlos erzählte, nach einem größeren Ereignis – und fand es mit dem Zyklon Firinga, der zweimal auf La Réunion zugekommen war. Damit sollte ich beginnen – und ich tat es.

Im Radio hatten sie seit Tagen von Firinga geredet; auch der „Quotidien“ und das „Journal de l'Île“ hatten ihre Titelseiten vollgedruckt mit Satellitenbildern und Artikeln, die den Sturm als einen meteorologisch seltenen Zyklon beschrieben. Firinga war südlich an La Réunion vorbeigezogen, hatte sich gedreht, auf die Westküste zugehalten und riesige Wellen herangeschoben. Die Vögel waren verstummt, aber der Himmel war noch blau, und der Wind blies ablandig in die herankommenden Wellen hinein, sodass sie hohl wurden und sich als große Röhren brachen, an die man sich bis heute erinnert als ‚epische Firinga-Wellen‘.

Das war, als Firinga ein erstes Mal auf La Réunion zugekommen war.

Surfer waren die Berge der Insel heruntergekommen, reisten

aus Mayotte und Mauritius, Frankreich und Spanien an und nahmen die Surfspots ein. Alle wollten sie auf diesen Wellen reiten.

Nach zwei Tagen bewegte sich Firinga wieder von der Insel weg, der Zyklon wanderte nach Südwesten, würde sich dort abschwächen und verlieren. Das zumindest sagten alle. Je weiter sich der Sturm von La Réunion entfernte, desto kleiner wurden die Wellen. Bald kamen die Surfer wieder an Land, lungerten noch einen Tag in den Cafés herum und verschwanden dann.

Die Surfshops waren leergekauft – kaum noch etwas lag in den Regalen oder hing an den Kleiderständern; auch gab es kein Surfwachs mehr. Die einen sagten, ein Importeur hätte vergessen, die Bestellung dafür aufzugeben, die anderen sagten, irgendwo in der Welt sei eine Surfwachsfabrik abgebrannt und deshalb gäbe es für eine sehr lange Zeit keinen Mr. Zog, keinen SexWax und keinen Sticky Finger mehr.

Aber dann hatte sich Firinga noch einmal gedreht und hielt ein zweites Mal auf La Réunion zu. Die Firinga-Wellen würden noch einmal kommen, und wir würden sie noch einmal surfen.

Alle begannen, nach Wachs zu suchen. Wir klauten Kerzen bei unseren Eltern, bei unseren Tanten und Onkeln, im Supermarkt, in der Kirche und auf dem Friedhof. Taufkerzen, Trauerkerzen, Lebenskerzen.

Die Knappheit an Wachs war für mich ganz besonders dramatisch, denn dieses Mal würde ich die Firinga-Wellen in der Bucht von Saint-Leu surfen können.

Pierre-Yves hatte mir das versichert. „Ich habe mit Abasse gesprochen. Du kannst mitkommen."

„Wann?"

„Dieses Wochenende."

„Firinga wird bis dahin zurück sein."

„Genau das hast du eigentlich nicht verdient."

Mir war egal, was Pierre-Yves von mir dachte. Mir war auch egal, was Abasse von mir dachte. Ich wollte nach Saint-Leu – mir ging es einzig darum. Ein bisschen Wachs würde ich schon finden.

Ich hatte versucht, Abasse direkt zu fragen.

Jeder am Collège des Aigrettes kannte Abasse. Abasse verdiente sich sein Geld mit täglichen Spaziergängen die trockenen Flussbetten hoch und in die Berge, wo er ausgewachsene Zamal-Pflanzen pflückte, sie zum Trocknen auslegte und dann zu guten Preisen an die Schüler des Collège des Aigrettes verkaufte. Er war uns aber nicht nur als Dealer bekannt, sondern auch wegen seines VW Bullys, mit dem er den einen oder anderen von uns nach Saint-Leu mitnahm.

Ich hatte anfangs wirklich geglaubt, Abasse einfach fragen zu können, ob er mich mit nach Saint-Leu nehmen würde. Er könnte mir zeigen, wie ich die Welle nehmen müsste und so weiter. Ich sah ihn in Les Aigrettes surfen und wartete am Strand darauf, dass er herauskommen würde und ich ihn ansprechen könnte. Das war, als ich mit meinen Eltern gerade nach La Réunion gekommen war und noch gar nicht richtig surfen konnte.

Abasse surfte dort mit seinem regenbogenfarbenen Surfbrett,

das er sich bei Mark Richards in Australien gekauft hatte. Abasse hatte wahnsinnig dicke Oberschenkel – und alle sagten, er schneiderte sich seine Surfshorts wegen dieser Schenkel selbst. In jedem Fall wusste er die Muskeln darin einzusetzen, denn er surfte in einer tiefen Hockstellung, aus der heraus er kraftvolle Wenden und hohe Sprünge machte.

Wenn Abasse das Wasser pflügte, war sein Gesicht immer wutverzerrt, seine Augen waren aufgerissen, sprangen fast aus den Höhlen; immer fletschte er die zusammengebissenen Zähne, und fast jeder Ritt endete damit, dass er laut fluchte, aufs Wasser schlug und sich nach jemandem umschaute, dem er die Schuld für irgendetwas geben konnte, was ihm nicht gelungen war.

Dann nahm Abasse wieder eine Welle, surfte sie ab, kam aber nicht weit, weil ein Anfänger von der Wellenschulter in die Gleitlinie rutschte und mit ihm zusammenstieß. Abasse fiel ins Wasser, tauchte auf, schaute sich nach diesem Anfänger um, schwamm zu ihm hin und ohrfeigte ihn mehrfach. Der Anfänger war ein Junge, vielleicht vierzehn oder fünfzehn Jahre alt – Abasse ohrfeigte ihn und brüllte ihn an, ihm nicht noch einmal in die Quere zu kommen. Nicht nur ich sah, wie er ihn schlug, auch der Vater des Jungen sah es. Er ging am Strand auf und ab und wartete genauso wie ich darauf, dass Abasse herauskommen würde.

Abasse kam heraus und wurde von diesem Vater angesprochen. Wie könne er seinen Sohn schlagen, er müsse sich entschuldigen, ansonsten dürfe er mit einer Anzeige rechnen. Aber Abasse ging an ihm vorbei, lief den Strand hinauf und auf die Straße. Der Vater lief hinter ihm her und begann, ihm immer deutlicher mit einer Anzeige zu drohen. Direkt vor der Gendarmerie drehte sich Abasse zu dem Vater um, stellte sein Surfbrett ab, umgriff den Kopf des Vaters mit beiden Händen, riss ihn herunter und rammte ihm das Knie ins Gesicht. Der Vater taumelte mit blutüberströmtem Gesicht zurück und fiel auf den Rücken. Sein Sohn kam zu ihm hin.

Zur gleichen Zeit spielten zwei Gendarmen mit einem Schlauch im Garten der Gendarmerie. Der eine spritzte den anderen nass, und der, der nass wurde, kreischte laut und rannte in voller Montur und mit hohen Stiefeln hinter das Gebäude.

Mir wurde klar, dass ich Abasse nicht so einfach fragen könnte, ob er mich mit nach Saint-Leu nehmen würde.

Es verging ein ganzes Jahr. Ich surfte in Les Aigrettes, in Roches Noires, in Boucan Canot, manchmal in der Bucht von Saint-Paul, aber nie kam ich weiter in den Süden, nie kam ich nach Saint-Leu.

Ich wurde auf dem Brett immer sicherer, mir gelangen Gleitphasen, ich erlernte Figuren, ich wechselte von einer Figur in die nächste; einen besonders schönen Stil entwickelte ich aber nicht, dafür wackelte ich zu viel mit den Armen, bog die Knie zu weit nach außen und drehte meinen Kopf viel zu häufig nach hinten.

Es verging noch ein Jahr. Und noch eins.

Als mir Pierre-Yves einen Platz bei Abasse im VW Bully verschaffte und ich also nach Saint-Leu kam, tat Pierre-Yves das nicht, weil er ein Freund von mir war.

Pierre-Yves lebte genauso wie ich in der Rue d'Anjou, in diesen schicken Häusern, die auf der Bergkuppe gebaut waren und einen Blick in die Bucht von Saint-Gilles-les-Bains boten; wir waren Nachbarn; unsere Eltern verstanden sich gut und trafen sich manchmal. Pierre-Yves war ein weißer Festlandfranzose, er war klein und drahtig, er hatte lange, sehr blonde Haare, er war ziemlich intelligent – und einer der besten Surfer, die ich kannte. Zumindest in kleinen und mittelgroßen Wellen. Er war schnell, geschmeidig, gelenkig, ideenreich – er hatte ein ausgesprochen robustes Gleichgewichtsgefühl und bei weitem die besten Reflexe.

Pierre-Yves gehörte zu einem Kreis von Surfern, zu denen ich keinen Zugang hatte. Ich würde ihn erst ansprechen können, wenn ich richtig surfen könnte … und ich würde nie richtig surfen können, weil ich mit dem Surfen viel zu spät begonnen hatte. Das Gefühl für das brechende Wasser hätte ich als Kind entwickeln müssen, um mit Pierre-Yves und seinen Kreisen mithalten zu können.

Aber es gab etwas anderes, das ich besser konnte als Pierre-Yves, und ich spielte es zu meinem Vorteil aus, als sich die Gelegenheit bot.

Das war auf der Welle vor der Lagune der Hermitage, die einen linken Teil hat und einen rechten Teil. Nur der linke kann gesurft werden, der rechte dagegen klappt mit einem Mal und dann insgesamt zu. Die Welle ist schnell und sehr steil und bricht direkt auf dem Korallenriff. Wer dort surft, kann von einer sehr plötzlich aus dem Wasser aufschießenden Wand erfasst und mit der schweren Lippe auf die Korallen geworfen werden. Um das zu vermeiden, ist es am besten, sich zwischen den

Teilen zu positionieren, dort, wo eine Lücke im Korallenriff ist, das Wasser von der Lagune hinaus ins Meer strömt und sich die Welle nicht aufbauen kann.

Genau dort waren Pierre-Yves und ich an einem sonnigen Freitagnachmittag. Wir surften zu zweit, ohne miteinander zu reden. Wir waren wirklich keine Freunde. Mich hätte nicht gewundert, wenn Pierre-Yves mir gesagt hätte, er wolle die Welle für sich alleine haben, ich hätte als Anfänger, der ich immer noch war und auch immer bleiben würde, kein Recht, hier zu surfen. Wenn er es gesagt hätte, hätte ich mich daran halten und das Wasser verlassen müssen. Ich kannte die Regeln.

Die Strömung wurde überraschend stärker, wir trieben durch die Lücke im Korallenriff hinaus und waren auf dem offenen Meer. Dort kam uns eine Welle entgegen, die wesentlich größer war als die Wellen, die wir bis dahin gesurft waren. Vielleicht war sie vier Meter hoch, vielleicht fünf. Die Welle brach sich nicht als linker Teil und als rechter Teil auf dem Korallenriff, sondern schob sich als eine durchgängige Wand heran, kippte ihre Lippe über uns aus und schob uns weit zurück in die Lagune. Wir tauchten in dicken Schaumschichten auf und wurden mit der reißenden Strömung sofort wieder hinausgetrieben. Es fiel uns eine zweite Wasserwand auf den Kopf und wirbelte uns in die Lagune zurück. Das geschah noch ein drittes Mal, dabei riss die Leine von Pierre-Yves, sein Surfbrett löste sich von ihm, sprang auf der Welle umher und wurde bis an den Strand getragen. Wieder trieb uns die Strömung hinaus aufs offene Meer. Ich meinte zu Pierre-Yves: „Wir können nicht rein, die Strömung zieht uns immer wieder raus."

Pierre-Yves sagte nichts.

Ich schaute zu ihm rüber und sah, dass er Schwierigkeiten hatte, sich ohne Brett über Wasser zu halten, er hustete und schluckte, er verschwand im Schaum und kam panisch wieder hervor – es sah aus, als würde er um sein Leben schwimmen. Er rief um Hilfe und schaute mich mit völlig entsetzten Augen an, ging wieder unter, kam wieder hoch, schrie noch einmal „Hilfe!", hustete und spuckte. Ich verstand nicht, was mit ihm los war, vielleicht hatte er einen Krampf, vielleicht hatte er sich verletzt, vielleicht hatte ihn etwas gestochen, vielleicht hatte ihn ein Hai attackiert. „Hilfe!", schrie er wieder mit sich überschlagender Stimme und geweiteten Augen: „Ich kann nicht schwimmen!"

Ich paddelte zu ihm hin und wollte ihm helfen, zögerte aber und schaute ihm noch ein wenig zu, wie er dort im Wasser zu ertrinken begann. Er schrie wieder. Er schaute mich völlig verzweifelt an. Ich lag auf meinem Brett und tat nichts. Dann sagte ich: „Ich helf' dir, wenn ich mit nach Saint-Leu kann."

Er kämpfte weiter darum, über Wasser zu bleiben. Er versuchte, in meine Richtung zu schwimmen, an mein Brett zu kommen und sich daran festzuhalten. Ich paddelte ein Stück zurück und sagte: „Ich will nach Saint-Leu."

„Ja, ja", sagte Pierre-Yves, „Saint-Leu, ja, ja."

Ich ließ es ihn noch ein paar Mal sagen, und anstatt dass er „Hilfe!" rief, rief er „Ja, ja." Dann paddelte ich zu ihm hin und ließ ihn nach meinem Brett greifen. Er grunzte und spuckte, er war vollkommen außer Atem, er war vollgepumpt mit Angst, er brauchte Minuten, bis er das Brett nicht mehr verzweifelt umklammerte. In der Zeit trieben wir weiter aufs offene Meer. „Wir kommen vielleicht woanders an Land“, sagte ich.

Wir trieben in tiefen Wellentälern und auf hohen Wellenbergen. Ich überließ Pierre-Yves mein Brett und schwamm im Wasser. Wir versuchten, in den Norden zu kommen und den Hafen von Saint-Gilles zu erreichen. Wir paddelten und schwammen eine Ewigkeit und hatten nicht das Gefühl, überhaupt irgendwohin zu kommen. Irgendwann sagte Pierre-Yves: „Wir packen das nicht.“

Aber wir kamen in den Hafen von Saint-Gilles. Es war ein Jetski-Fahrer, der uns fast überfahren hatte. Er nahm uns mit.

Pierre-Yves wurde an dem Tag nicht mein Freund, aber er verschaffte mir einen Platz bei Abasse im VW Bully.

An einem Samstag sollte ich sehr früh über die Hügel zur Zuckerfabrik von Bruniquel hochkommen und beim Haus Nummer zwölf in der Rue du Grand Natte klingeln. Abasse würde sich aus den Armen seiner reifen Liebhaberin lösen und mit dem VW Bully nach Saint-Leu fahren. Sollte ich zu spät kommen, könnte ich gleich wieder nach Hause gehen, warten würde Abasse nicht. Zu spät kommen würde ich allerdings nicht, ich hatte viel zu lange darauf gehofft, nach Saint-Leu zu fahren. Nun war es allerdings noch nicht Samstag, es war Freitag; und am Freitag geschah etwas, was mit Joëlle zu tun hatte.

Von Joëlle wusste ich, dass sie mit ihrer Familie in einem ziemlich heruntergekommenen Haus im Schwemmland von Saint-Gilles-les-Bains lebte. Das war dort, wo die Kröten am größten wurden und in manchen Monaten so laut quakten, dass man sich schreiend unterhalten musste. Es gab dort auch eine kleine Siedlung mit Wellblechhütten, in der illegale Einwanderer von den Komoren lebten, dürre, schwarzafrikanische Männer mit dicken, schwarzafrikanischen Frauen, die sich starkbunte Tücher um die Köpfe und mächtigen Körper wickelten und sich gelbe Erde ins Gesicht rieben. Mir wurde von meiner Mutter gesagt, mich nicht in dieses Schwemmland zu begeben, aber das hätte ich sowieso nicht getan, weil mich dort schon die vielen herumstreunenden Hunde abschreckten.

Über die Leute von den Komoren redete man viel:

Es sei vollkommen unmöglich, jemandem die französische Staatsbürgerschaft zu geben, nur weil er auf französischem Boden geboren worden sei und so weiter. Denn aus diesen dicken, bunt umwickelten, mit gelber Erde im Gesicht herumlaufenden Frauen kamen sehr viele Kinder heraus, und diese vielen Kinder kamen auf französischem Boden heraus und spazierten deshalb als Neufranzosen herum. Als Neufranzosen aber hatten sie nichts Besseres zu tun als im Schwemmland von Saint-Gilles-les-Bains herumzulungern, sich mit Steinschleudern zu bewaffnen und irgendwelche unter Artenschutz fallenden Vögel aus den Palmen zu schießen. Wurden diese Kinder älter, übten sie sich auf den Müllhalden hinter den Wellblechhütten im Kickboxen. Irgendwann kamen sie an die Strände, machten Lagerfeuer und suchten Streit. Das war so ungefähr das, was man über die Leute aus den Komoren sagte. Und das traf Joëlle ebenso. Dabei hatte Joëlle mit diesen Komoren-Familien nichts gemein, abgesehen einmal davon, dass sie mit ihnen das

Schwemmland teilte und ihr Haus zusammen mit den Wellblechhütten nach jedem Zyklon im Wasser stand.

Jedes Mal, wenn das der Fall war, kam ein Kameramann von Antenne Réunion auf einem Jetski in die Vorgärten geglitten und drehte Videos davon, wie die Leute das Wasser aus ihren Küchen und Wohnzimmern schöpften und dabei verzweifelt dreinschauten. Der Mann stieg dabei nicht einmal von seinem Jetski runter. Das erzählte Joëlle uns in der Klasse. Auch, dass ihr Vater den Kühlschrank vor jedem Zyklon auf den Küchentisch stellte, weil er im Wasser sonst kaputtgehen würde.

Joëlle hatte mir sehr häufig beim Surfen in Roches Noires zugeschaut. Das war, als ich gerade nach La Réunion gekommen war und noch überhaupt nicht richtig auf dem Brett stehen konnte. Ich benahm mich ziemlich ungeschickt, fiel immer wieder ins Wasser, trat in einen Seeigel, humpelte an den Strand und setzte mich dort hin. Joëlle kam zu mir, sah sich meinen blutenden Fuß mit den darin steckenden Seeigelstacheln an und fragte: „Tut das weh?"

„Wonach sieht es denn aus?"

Joëlle schaute sich jeden einzelnen der Stacheln an und sagte: „Den hier und den kannst du rausziehen, den hier auch. Die anderen musst du drin lassen, wenn du versuchst, sie auszugraben, machst du dir die Haut noch mehr kaputt."

Es war Guy, der herausbekam, dass ich mit Joëlle geredet hatte, und sofort behauptete, ich würde mit ihr gehen, ihr Vater würde ganz große Stücke auf mich halten und so weiter. Er fragte mich vor allen anderen, ob ich Joëlle beim Wasserschöpfen helfen wolle und sorgte damit für großes Gelächter.

Joëlle hatte auffallend helle, grüne und dann auch irgendwie braune Augen in einem ansonsten dunklen Gesicht. Die Farbe ihrer Augen musste irgendwo aus Europa kommen, anders als die Farbe ihrer Haut. Ich hatte Joëlle einmal mit ihrer Mutter beim Bäcker in La-Saline-des-Bains gesehen. Joëlles Mutter trug einen Punkt auf der Stirn und kleidete sich in indische Gewänder – das Meiste von Joëlle kam wohl aus Indien.

Auch wenn Joëlle schöne und helle Augen hatte, schwärmte ich genauso wie die anderen Jungs für Daniella und Maryse und für ein paar andere der Festlandmädchen, deren Eltern braungebrannt und gutgelaunt waren, in großen Autos vorfuhren, nette Gesellschaften in ihren mit geputzten Lavasteinen schön dekorierten Gärten gaben und auch sonst ein Bild vermittelten, bei dem einfach alles stimmte.

Dann aber wurde Joëlle fünfzehn und verteilte Einladungen für ihre Geburtstagsfeier in der Klasse. Sie drückte auch mir eine solche Einladung in die Hand und fragte mich mit ihren hellen Augen: „Kommst du?"

Joëlles Geburtstagsfeier war genau an dem Samstag, an dem ich mit Abasse und den anderen nach Saint-Leu fahren wollte. Doch auf Joëlles Geburtstagsfeier wäre ich auch so nicht gegangen, dort ging niemand hin, der etwas auf sich hielt. Dann allerdings fiel mir ein, dass ich immer noch nicht genug Surfwachs hatte.

Ich fragte Joëlle: „Kriegst du auch einen Geburtstagskuchen?"

„Eine Torte!"

„Mit Kerzen?"

„Fünfzehn Kerzen muss ich dieses Jahr ausblasen."

„Hast du Lust, mit mir zu surfen?"

Diese Frage überraschte Joëlle, sie schaute mich mit staunenden Augen und offenem Mund an – beinahe so, als hätte ich ihr einen Heiratsantrag gemacht.

Ich fragte: „Freitag, nach der Schule, in Petit Boucan?"

„Ja!", sagte Joëlle sofort. Dann sagte sie es noch einmal fröhlich. Und dann noch einmal.

„Ich habe aber kein Surfwachs. Du müsstest ein paar Kerzen mitbringen, es müssen nicht gleich fünfzehn sein."

„Ich bringe eine mit."

„Fünf oder sechs wären besser."

Wir trafen uns am Freitagnachmittag in Petit Boucan zum Surfen.

Der Strand von Petit Boucan liegt ziemlich versteckt hinter Felswänden, durch die ein schmaler Weg führt, welcher am Ende steil hinabfällt und an einem Vorsprung endet, von dem man in den Sand hinunterspringen muss.

Joëlle spazierte mit ihren ziemlich abgelaufenen Plastik-Flipflops vor mir her, war geschickt und schnell und stieß sich nicht die Zehen hier und da an den Felskanten, wie mir das gleich dreimal passierte. Sie trug kurze, etwas ausgefranste Jeans und zeigte Beine, die fest und athletisch waren von den langen Wegen, die sie täglich zu Fuß ging.

Ich sah sie immer morgens, wenn sie zum Collège des Aigrettes ging, sich mit einem Regenschirm vor der Sonne schützte und eine große Zahl Hunde um sich herum hatte. Die Hunde begleiteten sie solange, bis sie auf einen größeren, am Straßenrand liegenden Hundekadaver stießen, verschreckt umkehrten und zurück ins Schwemmland rannten. Weil Joëlle jeden Morgen durch die beginnende Hitze spazierte, kam sie immer etwas verschwitzt im Collège an. Ihr Gesicht glänzte, die bunten Kunststoffblusen, die sie von den Marktständen in Saint-Paul hatte, klebten ihr am Rücken, und den ganzen Tag hindurch roch sie nach Schweiß. Für den Schulbus hatten ihre Eltern kein Geld.

Am Strand gab mir Joëlle ein ganzes Zehnerpack Kerzen. Ich nahm es sofort an mich, tat aber so, als ginge es mir um Joëlle und darum, ihr das Surfen beizubringen. Ich nahm eine der Kerzen, zündete sie an, tropfte Wachs aufs Surfbrett und verrieb die Tropfen mit der ganzen Länge des Kerzenschafts. Bald war der Schaft bis zur Hälfte abgerieben, der Docht lag frei und baumelte heraus. Ich hatte mich so sehr auf das Einwachsen des Surfbretts konzentriert, dass ich gar nicht bemerkt hatte, wie Joëlle sich die Jeans und die Bluse ausgezogen hatte und in einem goldenen Bikini vor mir stand. Er war noch mit goldenen Plastikpailletten verziert und für eine Zirkusnummer besser geeignet als für den Strand von Petit Boucan. Auch war er ihr etwas zu groß.

Ich legte das Surfbrett in den Sand, bat Joëlle, sich mit dem Bauch draufzulegen, und gab ihr Anweisungen, wie sie auf dem Brett liegen und paddeln müsste. Dann gingen wir ins Wasser. Ich schob sie in eine kleine Welle hinein, sie nahm an Fahrt auf und versuchte, aufs Brett zu springen. Das gelang ihr auch, und für einen Moment stand sie. Ich war überrascht, mit welcher Schnellkraft sie aufgesprungen war, ich sah ihre festen Arme und Beine, ihren festen Bauch und die kleinen, hohen Brüste. Nach einigen Metern fiel sie ins Wasser und fluchte energisch – und als sie wieder zu mir zurückgepaddelt kam, sah ich ihre großen und kräftige Hände mit den langen Fingern. Sie versuchte es noch einige Male, ich gab ihr Anweisungen, und jedes Mal, wenn sie wieder aufs Brett gesprungen war und um ihr Gleichgewicht kämpfte, schaute ich ihren Körper an, aus dem intakte Sehnen und gesunde Muskeln schnellten und ihren Willen zum Surfen überdeutlich lebendig machten. Immer wenn sie aufs Brett sprang, hing der goldpaillettierte Bikini-Slip hinten herunter, er war gefüllt mit Wasser und wabbelte und zitterte, bis das Wasser abgelaufen war. Einmal war in diesem Bikini-Slip so viel Wasser drin, dass er herunterrutschte und ein kleines Bisschen von ihrer Pospalte zeigte. Ich begann, ihren Körper immer unverhohlener anzustarren.

Joëlle kam immer wieder zu mir zurückgepaddelt und wartete, dass ich das Surfbrett so herummanövrierte, dass es wieder in Richtung Strand zeigte und in die nächste Welle geschoben werden konnte. Wenn ich das tat, stand ich am Fußende des Surfbretts und starrte über Joëlles helle Fersen hinweg an ihren braunen Beinen hinauf und auf ihren festen Po, so dass ich mir vorzustellen begann, wie das wäre, wenn ich mich jetzt auf sie drauflegen würde und plötzlich ihr Bikini und meine Surfshorts nicht mehr da wären und wir dann draußen auf dem Meer trieben und dort ganz nackt und nur mit ganz wenig Platz auf dem Brett und ich auf ihr drauf … und dann umgekehrt sie auf mir drauf … und so weiter.

Nachdem ich Joëlle noch ein paarmal angeschoben und dabei auf ihren Po gestarrt hatte, meinte sie, sie wolle wieder an den Strand gehen.

Wir setzten uns in den Schatten einer Palme und schauten auf das Meer. „Surfen ist nicht einfach", sagte ich, „manchmal braucht es Jahre."

„Das habe ich an dir gesehen." Sie wandte sich mir zu, suchte meinen Blick und sagte „Seitdem du nach La Réunion gekommen bist, habe ich mir das hier gewünscht."

„Was?"

„Dass wir hier nebeneinander in Petit Boucan sitzen und aufs Meer schauen. Warum hast du mich nicht früher angesprochen? Morgen ist mein Geburtstag – ich hatte geglaubt, fünfzehn zu werden, ohne etwas mit einem Jungen gehabt zu haben. Aber noch bin ich nicht fünfzehn. Und jetzt sitzen wir hier zusammen."

Petit Boucan ist ein sehr kleiner Strand, der sich zu einer unruhigen Meeresstelle hin öffnet. Es gibt hier eine Strömung, die einen rasch erfassen kann und den weiten Weg hinüber bis nach Boucan Canot treibt. Der Strand ist nicht überwacht, und wer hier ins Wasser geht, tut es auf eigenes Risiko. Mehrere Schilder weisen darauf hin. Aus genau dem Grund kommt eigentlich kaum jemand nach Petit Boucan, und wenn doch, dann kommt er, um allein zu sein – oder eben zu zweit.

Ich hatte Joëlle nach Petit Boucan eingeladen, weil ich von niemandem gesehen werden wollte. Ich wollte nicht, dass Guy wieder ein peinliches Gerücht in die Welt setzt und am besten noch den Goldpailletten-Bikini erwähnt. Aber weil Petit

Boucan dafür bekannt war, dass man hier weitgehend allein sein konnte, kamen eben auch viele Liebespaare hierhin. Das wusste ich, nur hatte ich nicht mehr daran gedacht.

„Zwischen uns gibt es einen Riesenunterschied", sagte ich, „und dabei wird es auch bleiben. Danke aber für die Kerzen."

Ich stand auf, nahm mein Surfbrett und meine Sachen und verließ den Strand. Als ich durch den engen Weg zwischen den Felswänden lief, an die Straße kam und hinunter zum Kreisverkehr ging, dachte ich an ihren Körper, den ich immer unverhohlener angestarrt hatte; und ich stellte mir wieder vor, mit Joëlle nackt auf dem offenen Meer herumzutreiben.

Bevor ich unten angelangt war, drehte ich um, ging die Straße wieder hinauf, den Weg durch die Felswände hindurch und ein zweites Mal hinunter zum Strand.

Als ich vom Felsvorsprung auf den Sand sprang, wandte Joëlle den Kopf, sah mich und stand von ihrem Handtuch auf. Sie trug immer noch diesen goldenen Bikini.

„Kannst du den nicht ausziehen?", fragte ich sie.

Joëlle schaute sich um. Es war niemand da. „Ziehst du deine Shorts auch aus?"

Ich ging zu ihr hin und küsste sie auf die Wange und auf den Hals und nochmal auf die Wange und dann in Richtung Mund und auf den Mund und dann noch mal auf den Mund und dann mit offenem Mund und so weiter. Dabei verhielt ich mich sehr ungeschickt. Joëlle erwiderte meine Küsse, aber sie verhielt sich dabei genauso ungeschickt. Mit meinen Händen fuhr ich an ihr hinauf und hinunter, glitt über ihre Brüste und schob das Bikiniteil über ihren Kopf. Ihre Brustwarzen waren spitz und hart und standen weit hervor – sie waren ganz schwarz. Dann zog ich Joëlle hinunter auf ihr Handtuch, legte sie hin, schob mich auf sie drauf und begann, sie überall zu befassen. Joëlle zitterte und schwitzte, überall pappte Sand an ihr, auch an ihrem Hals und in ihrem Gesicht. Ich zog ihr den Bikini-Slip herunter, dann zog ich auch meine Shorts aus.

Wenn wir uns doch nur ein wenig Zeit genommen hätten, wenn wir ein wenig nebeneinandergelegen hätten, wenn wir uns ein wenig nah gewesen wären, wenn wir uns das eine oder andere zugeflüstert hätten, uns zum Beispiel Versprechungen für die Ewigkeit gemacht, einen Plan geschmiedet hätten –; von dem Gesagten wäre vielleicht nichts geblieben, geblieben aber wäre ein schöner Moment, den wir gemeinsam erlebt hätten während der verletzlichsten Phasen unseres Heranwachsens.

Aber am Strand von Petit Boucan ist man dann doch nicht völlig allein. Etwas weiter die Straße hinauf gibt es ein Hochhaus, das einen Blick nicht nur aufs Meer bietet, sondern – wenn man in den höheren Etagen wohnt – auch auf den Strand von Petit Boucan. Dort wohnte jemand, der seine Freunde angerufen und ihnen gesagt hatte, sie sollten kommen.

Ich zählte insgesamt drei Männer, die auf den Felswänden standen, Joëlle und mir zuschauten, dabei die Hose heruntergelassen hatten und sich emsig mit der Faust auf den Bauch schlugen.

„Die holen sich einen runter", sagte ich zu Joëlle.

Aber Joëlle war ganz verwirrt und wusste nicht, wovon ich sprach.

Ich sprang auf, zog meine Shorts an, nahm mein Surfbrett und meine Sachen, lief ins Wasser, paddelte in die Strömung und trieb hinüber nach Boucan Canot.

Joëlle ließ ich mit den Spannern allein.

Ich sah sie erst sehr viele Jahre später wieder.

Am Tag darauf fuhr ich mit Abasse und Pierre-Yves, mit Guy und Simon, und mit Thierry und Bernard die Route Nationale hinunter in die Bucht von Saint-Leu.

Pierre-Yves hatte den anderen erzählt, wie ich an meinen Platz in Abasse' VW Bully gekommen war. Niemand sprach auch nur ein Wort mit mir.

Wie wir mit dem VW Bully über den letzten Hügel hinüberfuhren und in die Bucht von Saint-Leu kamen, sahen wir, dass die Verhältnisse schlecht waren. Wir fuhren in die Rue de la Compagnie des Indes hinein, bogen auf den direkt am Strand angelegten Parkplatz, stiegen aus, schauten aufs Meer und versuchten, uns die ungünstigen Bedingungen zu erklären.

„Firinga ist noch nicht zurück", sagte Pierre-Yves.

Die Strömung kam aus Südost statt Südwest, der Wind aus Nordwest statt Nordost – das Meer war unruhig und wirr, schwarze Wasserbuckel hoben und senkten sich, manchmal schwappten kleine Kämme aus ihnen heraus; eine sich aufbauende Welle flachte wieder ab und verschwand in einer anderen, ohne ihr glattes Gesicht gezeigt zu haben, hohl geworden zu sein, ohne rund abzurollen. Nirgends fanden sich große und geeignete Flächen zum Abspringen und Gleiten. Keine der sich auf- und abbauenden Formen hatte auch nur irgendetwas an sich, was jemand als jene legendäre Welle von Saint-Leu hätte bezeichnen können.

Ich schaute eine lange Zeit aufs Meer, und je länger ich das tat, desto mehr erkannte ich aber doch einige sich wiederholende Formen, die, wenn man sie irgendwie hätte verbinden können, vielleicht eine Welle ergaben. Es waren Fragmente, aber sie lagen an den richtigen Stellen. Ganz weit links baute sich das Wasser einigermaßen regelmäßig auf und fiel aufs Riff, und auch direkt vor mir schwoll es an und fiel aufs Riff; und es gab rechts und gar nicht weit vom Strand einen Abschnitt, an dem sich einige Surfer versuchten. Es war ein rascher, steil sich herausschiebender Abschnitt, der sehr schnell wild schäumend und vollständig kollabierte. Wenn man nun diese drei Stellen zusammenfügte, hätte man eine Welle, die sich durch die ganze Bucht von Saint-Leu ziehen und einem Surfer einen endlosen Ritt gewähren würde.

„Das ist die Welle von Saint-Leu“, bestätigte Pierre-Yves mir, „von dort links, weit draußen, bis hierhin, rechts, bis an den Strand.“

Die Stellen links, vor mir und rechts fügten sich aber nicht zusammen. Vielleicht hatte Firinga erneut gedreht und entfernte sich wieder von La Réunion. Und wenn dem so war, dann wäre meine Reise umsonst gewesen. Meine Hoffnung, die Welle von Saint-Leu zu reiten, würde sich nicht erfüllen, nicht jetzt, nicht morgen und vielleicht niemals. Wenigstens würde sich alles um einige Wochen verschieben … Aber das wäre genauso schlimm.

Ich setzte mich in den Sand und schaute weiter aufs Meer.

Auch die anderen setzten sich und schauten hinaus. Der Versuch, das Meer von Saint-Leu zu verstehen, es zu lesen, bedurfte einer gewissen Zeit.

Es geht beim Lesen des Meers und der Wellen darum, zu erkennen, wo sich die Kräfte bilden, wo sie zusammenkommen, wo sie sich aufbauen und entladen, wo eine Welle entsteht, wie sie entsteht, wie sie bricht. Man surft mit dem Blick in der Welle, der Blick surft schneller, weil die Welle schneller bricht; oder langsamer, weil die Welle langsamer bricht. Der Blick wird überrascht von einer plötzlich herausgestülpten, dann herabfallenden Lippe, unter der sich der Blick duckt, um dann in die vollends brechende Welle hineinzurasen, darin unterzugehen. Man schließt die Augen und verliert mit dem Blick ein kleines Leben. Dann kommt die nächste Welle; man fixiert einen Punkt, von dem aus man startet und hofft, mit dem Blick die ganze Welle entlangzusurfen, ohne überrascht zu werden von einem irgendwo zu rasch zusammenstürzenden Abschnitt, der einem wieder mal keine Chance lässt und ein weiteres, kleines Stück Leben mitnimmt.

Als ich das Meer zu lesen versuchte, richteten sich meine Augen immer weiter auf den rechten Abschnitt. Dort schaute ich den Surfern zu, wie sie in der steilen Wand schnell auf ihre Bretter sprangen, rasch Geschwindigkeit aufnahmen, einige forsche Kurven im Wellengesicht machten, aus der kollabierenden Welle herausglitten, dann um das wilde Schäumen herumfuhren und auf der anderen Seite in einen letzten, noch nicht gebrochenen Teil hineinkamen, in dem sie noch einmal etwas Schwung nahmen und ein kleines Stück glitten.

„Die Stelle dort ist sehr gefährlich", sagte Pierre-Yves, der neben mir saß, „die Korallen wachsen bis knapp unter die Wasseroberfläche und können denjenigen, der auf sie fällt, ernsthaft verletzen."

„Wir sollten nach Roches Noires fahren", sagte ich, „die Wellen dort sind besser, der Tag ist noch nicht verloren."

„Ich hab' dir doch gesagt, das hier ist nichts für Anfänger."

„Ich bin kein Anfänger."

„Ach ja?"

„Ach ja, was?! Ich hätte dich auch im Wasser lassen können."

„Vielleicht werden die Bedingungen besser. Du kannst heute das Riff abtauchen, um zu wissen, wo es tief ist, wo es flach ist, wo es Löcher hat. Du musst dich hier ein bisschen auskennen, bevor du mit dem Surfen beginnst."

„Ich bin hier nicht zum Tauchen."

Pierre-Yves schaute mich verächtlich an und sagte: „Vielleicht werde ich dieses Mal derjenige sein, der dir das Leben rettet. Ich könnte dann genauso verlangen, dass du mir eine Welle zeigst. Aber welche Welle zeigst du mir, welche Welle kennst du, die ich noch nicht kenne?"

Pierre-Yves stand auf, klopfte sich den Sand ab und ging zurück zum VW Bully. Die anderen hatten ihre Bretter schon herausgenommen und wachsten sie mit alten Kerzenstücken ein. Niemand von ihnen hatte auch nur ein Stück Surfwachs.

Ich nahm auch mein Brett aus dem VW Bully und wachste es mit den Geburtstagskerzen von Joëlle ein. Ihre Kerzen waren parfümiert. Wie ich mein Brett damit einwachste, roch es bald nach einer alten und enthemmt aufgedonnerten Frau. Guy war derjenige, der fragte, ob ich die Kerzen meiner Mutter geklaut hätte, worauf ich sagte: „Lass meine Mutter da raus!"

„Welchem anderen Mädchen hast du sie dann geklaut?"

„Meine Mutter ist kein Mädchen."

„Ich rede doch gar nicht mehr von deiner Mutter."

Die Parfümschwaden hätten für jede Menge Gelächter sorgen können, aber gelacht hätten nur die, die bereit gewesen wären, mich ein Stück weit in ihren Kreis aufzunehmen – und sobald Guy von den anderen zu verstehen bekam, dass er mit dem Lachen aufhören sollte, lachte auch er nicht mehr.

Ich ging als einer der Ersten ins Wasser und paddelte in Richtung des steilen Abschnitts. Je näher ich an diese sich rasch aufbauende, dann sofort umfallende Wand herankam, desto deutlicher wurde mir, dem Ganzen nicht gewachsen zu sein. Ich sah, wie die Surfer von einer aus dem Nichts kommenden Wassermasse aufgesogen, einige Meter hinaufgeschossen und dort auf einer schäumenden Lippe herausgeworfen wurden. Mit der gleichen Schnelligkeit, mit der die Surfer von der Welle erfasst, hinaufgeschossen und herausgeworfen wurden, sprangen sie auf ihr Brett, drückten es durch die schäumende Lippe hindurch, landeten auf dem bereits sehr hohlen Gesicht der Welle, machten dort eine forsche Kurve, surften das Wellengesicht quer hinauf bis zur Schulter und sprangen von dort weit hinaus und wieder ins Wellental.

Bei meinen vielen Versuchen, auf diese steile Welle zu kommen, gelang es mir nicht ein einziges Mal, mein Brett durch die schäumende Lippe hindurchzudrücken; bis ich auf meinem Brett stand, hatte sich in der Lippe bereits so viel Kraft gebündelt, dass sie mich nicht mehr hindurch und auf das Gesicht ließ, sondern mit großer Wucht heraus und aufs Korallenriff warf. Da die Wasserwand alles Wasser vom Riff abgesogen und in sich aufgenommen hatte, sah ich mich auf die aus dem Wasser herausschauenden Korallenköpfe fallen. Aber bei jedem dieser Würfe auf die Korallenköpfe passierte mir nichts. Ich berührte nicht ein einziges Mal auch nur einen Korallenast. Die Welle, die mich aus sich heraus warf, holte mich sehr schnell wieder ein und fing mich mit ihren hereinkommenden Wassermassen über den Korallen auf. Ich kam wieder und wieder davon, mir passierte nichts – und weil ich glaubte, mir würde auch weiterhin nichts passieren, paddelte ich in die immer höheren und steileren Teile der Welle hinein.

Auch dort wurde ich immer wieder von der Welle herausgeworfen. Aber dann war es so, dass ich dieses eine Mal nicht wieder aufgefangen wurde. Stattdessen landete ich in einem Korallengarten, riss mir den rechten Fuß auf und wusste, dass ich an Land müsste.

Auf meinem Brett versuchte ich, mich über das Riff zu schieben, blieb aber bald stecken, musste aufstehen und das letzte Stück bis zum Strand einbeinig hüpfen; dort setzte ich mich hin, schaute auf meinen Fuß, der bedeckt war von einer Mischung aus Blut und Sand, träufelte etwas Wasser drauf, legte eine tiefe Wunde frei und fragte mich, ob das bloß ein Schnitt war oder ob mir nicht doch ein ganzes Stück Fleisch fehlte.

Später kamen die anderen aus dem Wasser. Pierre-Yves fragte, warum ich so früh an Land gegangen war, ich zeigte ihm meinen Fuß, er begutachtete ihn und sagte: „Da stecken Korallenstücke drin, du wirst sie nicht alle rausbekommen. Du musst sie abtöten, sonst leben sie weiter, dann schließt sich die Wunde nie."

Pierre-Yves half mir beim Auswaschen der Wunde; er träufelte den Saft einer in Saint-Leu gekauften Zitrone hinein, nur so würde ich die Korallenstücke vollends abtöten können. „Du kannst erst wieder ins Wasser, wenn sich die Wunde vollständig geschlossen hat. Das Meer hier ist voller Mikroben, sie setzen sich ins Fleisch, alles entzündet sich, du kriegst eine Blutvergiftung, dein Fuß beginnt zu faulen – das klinische Bild einer nekrotisierenden Fasziitis. Und wenn es dazu kommt, muss er abgenommen werden. Das geht sehr schnell, nur ein paar Stunden – wenn es in der Wunde klopft, müssen wir dich sofort einliefern."

„Willst du mich loswerden?"

„Du wirst morgen nicht surfen können."

„Ich bleibe trotzdem hier."

„Was willst du denn machen?"

Abasse kam zu Pierre-Yves und mir, er hatte eine Taucherbrille, Taucherflossen und eine bereits aufgespannte Harpune dabei. Er fragte Pierre-Yves: „Was willst du haben?"

„Wie immer," antwortete Pierre-Yves.

Abasse ging hinunter zum Meer, zog sich die Taucherbrille und die Flossen an und verschwand im Wasser. Pierre-Yves schaute ihm hinterher, wandte sich zu mir und sagte „Du musst dafür zahlen, für das Essen, für alles, Abasse kassiert bei uns ab."

„Ich habe genug Geld dabei."

Abasse fing insgesamt acht Papageienfische; er machte ein Feuer im Sand und grillte sie; er teilte Bier aus, drehte einen Joint und gab ihn in dic Runde – am Ende wollte er auch noch Geld für das Benzin haben und für irgendein Zelt, das er nicht aufgeschlagen hatte, das auch nicht im VW Bully war, das er zu Hause vergessen haben musste … aber er ließ nicht mit sich diskutieren. „Wer nicht zahlt, kann zu Fuß nach Hause gehen."

Ich zahlte von allen am meisten, nicht nur, weil Abasse mir den Verbandskasten seines VW Bullys in Rechnung stellte, sondern auch, weil ich so blöd war und mein ganzes Geld zeigte.

Immerhin wurde Abasse mit dem vielen eingenommenen Geld etwas zugänglicher und begann sogar, von seiner Reise nach Australien zu erzählen, wie er Mark Richards vor einigen Jahren in Newcastle besuchte und von ihm dieses regenbogenfarbene Brett bekam. „Ich habe seine Hand geschüttelt,", sagte Abasse und schwieg andächtig. „Ich bin die Küste Australiens entlanggefahren, ich war in Tasmanien, ich bin einer der Ersten gewesen, die auf Shipstern Bluff surften. Kennt ihr Shipstern Bluff?"

Abasse hielt plötzlich inne, so, als wollte er sich vergewissern, wen er um sich hatte, ob diese Leute es wert waren, das zu erfahren, was Abasse zu erzählen hatte – und unweigerlich warf er einen Blick auf mich und gab mir zu verstehen, dass ich ihn störte. Er schaute auf meinen Fuß, schüttelte abfällig den Kopf und sagte „Ich habe gesehen, wie du surfst. Total krank."

„Lass ihn in Ruhe", sagte Pierre-Yves.

Abasse aber ließ mich nicht in Ruhe; er schaute mich an, spuckte aus und sagte: „Dir fehlt etwas da oben." Er zeigte auf meinen Kopf. „Etwas, das du für jede Welle neu haben musst, egal, wie gut du bist, egal, wie lange du schon surfst. Wenn du das nicht hast, passiert dir so was. Du hast noch Schwein gehabt, ich habe teuflische Verletzungen gesehen, insbesondere auf Shipstern Bluff."

„Was soll mir denn fehlen?"

„Ich habe gesehen, wie jemand erfasst und wieder ausgespuckt und noch einmal erfasst und wieder ausgespuckt wurde, drei Meter ist er gefallen. Dann nochmal das Gleiche, dann kam sein Brett hinterher geflogen und – bumm! – rammte in sein Gesicht. Wie er aus dem Wasser kam, hing ihm das Gesicht wie ein Lappen am Kinn, auch das Auge baumelte herunter – er konnte damit aber immer noch sehen, der Nervenstrang war nicht gerissen."

Abasse machte vor, wie er einen aus dem Gesicht gefallenen Augapfel auf den flachen Handteller nahm und den Handteller so nach links und rechts drehte, dass man meinte, er ließ ihn die nötige Umsicht haben, bevor es daran ging, eine Straße zu überqueren.

„So was passiert, wenn einem das fehlt, was es zum Surfen braucht."

„Ich kann surfen."

„Du kannst mir noch nicht mal einen blasen", sagte Abasse.

Der Joint war durch die Runde gegangen und kam wieder bei Abasse an. Er nahm einen tiefen Zug, dachte nach und erzählte dann doch von Shipstern Bluff.

„War gar nicht einfach, Shipstern Bluff zu finden. Drei Stunden durch den Nationalpark Tasmaniens, ich stand auf einem Haufen Felsbrocken und schaute zum Meer raus, der Wind heulte, ein paar Surfer im Wasser trugen Neoprenanzüge, Kapuzen, Handschuhe, Stiefel; und plötzlich bildete sich ein Berg im Wasser, ein riesenfetter Berg, der zu einem vierlippigen Monster wurde, die Lippen krachten auf die Surfer drauf, bumm!, und drückten sie ewig unter Wasser. Wenn du auf Shipstern Bluff nicht schnell bist, wenn du den Sprung von der Lippe nicht schaffst, wenn du nicht in den Tunnel hineinkommst, wenn du dich im Tunnel nicht duckst und alles bei dir behältst, reißt dir die Welle ein Organ nach dem anderen aus dem Körper, und dann hebt sie dich hoch und wirft dich in die Felsbrocken, wo dir die Schädeldecke durchschlagen und das Genick gebrochen wird. Den, den ich da gesehen habe, den, der sein eigenes Brett ins Gesicht bekommen hatte, der hat noch Schwein gehabt; das Auge wurde ihm wiedereingesetzt, alles wurde vernäht, am Ende sah er bloß Scheiße aus."

Abasse überlegte einen Moment. Dann fuhr er fort: „Shipstern Bluff hat eine genauso schwere Lippe wie Teahupoo in Tahiti. Teahupoo ist aber noch schneller, du musst noch schneller sein, du darfst nicht zögern. Nie darfst du zögern, wenn du zögerst, bist du verloren, dann passiert dir so was." Abasse zeigte auf meinen Fuß.

Ich zog meinen Fuß an mich heran und sagte: „Wenn du meinst, ich hätte Angst vor der Welle hier, dann stimmt das nicht, ich habe keine Angst."

„Natürlich hast du Schiss", sagte Abasse und lachte auf. „Wir alle haben Schiss, aber das macht uns schneller, schneller als Saint-Leu, schneller als Shipstern Bluff, schneller als Teahupoo. Das macht uns schneller, weil wir uns mit allem in uns entschieden haben, die Welle zu surfen. Genau das hast du nicht getan, du hast dich nicht entschieden, du willst die Welle von Saint-Leu überhaupt nicht surfen."

„Du glaubst gar nicht, was ich alles gegeben habe, um heute hier zu sein."

„Heute Morgen wolltest du dich nach Roches Noires verdrücken."

Ich verfing mich mit Abasse in einer Diskussion über die Frage, ob ich in Saint-Leu wirklich surfen wollte, ob ich mich für die Welle innerlich entschieden hätte, ob mich meine Angst schneller oder langsamer machte und so weiter.

Die meisten interessierte schon nicht mehr, was wir sagten, sie hatten ihre Matten ausgerollt, wollten schlafen und meinten, wir sollten doch woanders hingehen, wenn wir noch was zu klären hätten. Also rollten auch wir unsere Matten aus. Ich legte mich hin, schaute zum Himmel empor, sah dort die vielen Sterne, den weiten Raum, schaute auf das unruhige Meer, fühlte noch einmal nach den vagen Schmerzen in meinem Fuß, drehte mich um und schlief bald ein.

Es war ein Pochen in meinem Fuß, das mich am nächsten Morgen sehr früh aufweckte, ein Pochen aber, das nicht so stark war, dass es mir die Hoffnung nahm, an diesem Tag vielleicht doch auf der Welle von Saint-Leu zu surfen.

Die Hoffnung nahm mir aber das glatte und stille Meer, auf

dem ich keine Welle sehen konnte. Dieses große Wasser war zu einem bewegungslosen See ermattet – Firinga musste abgedreht und sich von La Réunion wieder entfernt haben.

Ich fiel zurück auf mich selbst und auf das Pochen in meinem Fuß, das ich plötzlich als gewaltiger empfand. Ich überlegte, Pierre-Yves und Abasse zu wecken.

Eine unbestimmte Veränderung ließ mich aber doch noch einmal hinaus aufs Meer schauen, und als ich das tat, sah ich sie zum ersten Mal: Die Welle von Saint-Leu.

Die Sonne schien zwischen den Bergen hindurch und warf ihr frühes Licht auf das Wasser; der gesamte Ozean war überzogen mit einer Haut aus Licht. In diesem stillen Frieden zog sich – sehr weit draußen – das Wasser wie ein Muskel zusammen und buckelte sich zu einem runden Rücken, der sich auf den Strand zubewegte, dabei größer wurde und sich immer steiler aufbaute zu einer hohen Wand, die sich insgesamt – von einem Ende der Bucht bis zum anderen – als mächtige Masse auf das Riff schob. Links, am südlichen Ende der Bucht, sah ich diese Wand in die Höhe schießen und eine Lippe auswerfen. Die Lippe wanderte die Welle entlang und kam in den Norden der Bucht.

Rasch suchte ich einen Punkt in der Welle, stellte mir vor, dort auf meinem Brett zu stehen, und begann, auf dem Wellengesicht zu surfen; ich surfte die gesamte Bucht entlang, ein endloser Ritt auf straffen, steilen Wasserflächen, welche mich die große Schönheit der Welle von Saint-Leu begreifen ließen. Mit meinem Blick surfte ich weiter, kam über die Mitte der Bucht hinaus, surfte an mir selbst vorbei in den Norden und raste dort in eine vor mir ausgeworfene Lippe hinein, die mich schäumend unter sich begrub und mir mein kleines Leben nahm. Ich schloss die Augen.

Pierre-Yves war längst aufgewacht und hatte mich beobachtet, als mein Blick die brechende Welle entlangwanderte bis zu der Stelle, an der die Welle insgesamt kollabiert war. Es war die Stelle, an der wir gestern gesurft waren. „Das ist der grüne Raum von Saint-Leu", sagte er, „du surfst durch ihn hindurch bis auf die andere Seite und von dort noch ein ganzes Stück weiter." Pierre-Yves schaute auf meinen Fuß und runzelte die Stirn. Er bückte sich, schaute etwas genauer hin und sagte: „Wir müssen dich ins Krankenhaus bringen."

Ich schüttelte den Kopf und sagte „Ich surfe heute."

„Dein Fuß ist geschwollen, du hast eine Entzündung. Das können Staphylokokken sein."

„Ich nehme eine Welle, eine einzige."

„Wenn die Bakterien die lokalen Abwehrmechanismen durchbrochen haben, verbreiten sie sich im ganzen Körper und greifen deine Organe an. Du verlierst das Bewusstsein. Du hast nicht viel Zeit."

„Du wirst heute sowieso nicht surfen können", sagte Abasse, der mittlerweile auch aufgewacht war und sich die Augen rieb, „die Welle ist viel stärker als gestern, wenn sie dich auswirft und du auf den Korallen landest, zerfetzt sie dir nicht nur den Fuß. Und wenn die Welle dich nicht erledigt, dann erledigen dich die da." Abasse zeigte auf eine Gruppe von fünf oder sechs Surfern, die ihre Bretter den Strand hinabtrugen und ins Wasser gingen.

Ich wusste so ungefähr, wer diese Surfer waren und sagte: „Ich bleibe im mittleren Teil."

Ich nahm mein Brett, schnallte mir die Leine ums Fußgelenk und humpelte ins Wasser.

Ich paddelte um das Riff herum, bis in die Mitte der Bucht, als sich auch schon eine Welle aufbaute und zu brechen begann. Ich paddelte in die Welle hinein und wollte auf mein Brett springen, sah aber einen Surfer auf mich zurasen; es war ein Surfer, der das eine Bein weit nach hinten auf das Ende seines Bretts und das andere Bein weit nach vorn gestellt hatte, insgesamt in der Angriffsstellung eines Degenfechters auf mich zugekommen war und mich durch seine Zahnlücke so aggressiv anfauchte, dass ich mich zurück- und aus der Welle fallen ließ. Er war auch schon an mir vorbeigeschossen, meißelte eine tiefe Linie ins Wasser und streckte dabei Arme, Hände und die weit gespreizten Finger zu beiden Seiten aus wie filigrane Werkzeuge der Gleichgewichtserhaltung; er surfte die Welle weiter und weiter, wurde kleiner und kleiner und verschwand irgendwo dort, wo der grüne Raum war. Ob er durch ihn hindurchgekommen war, wusste ich nicht, weil sich bereits die nächste Welle aufbaute, ich in sie hineinpaddelte und auf mein Brett springen wollte, als ein sehr kleiner, sehr braungebrannter, sehr muskulöser und sehr glatzköpfiger Surfer die Welle zu mir hinaufschnellte, meine Brettspitze mit beiden Händen packte, mich aus der Welle herausstieß und sich mitsamt der ausgeworfenen Lippe wieder ins Wellental fallen ließ, von wo aus er das Wasser wie ein querschießendes Projektil zerschoss, schroffe Kehrtwenden zurück in die brechende Welle machte, wieder herauskam, hinauf auf den Kamm schnellte, auf dem Kamm einige Meter surfte, sich wieder ins Wellental fallen ließ und so weiter und so weiter.

Alle weiteren Wellen waren von einem Surfer besetzt. Bald sah ich den Surfer mit der enormen Zahnlücke und den gespreizten Fingern wieder. Mein Fuß begann, immer stärker zu pochen.

Ich würde eine Welle nur bekommen, wenn ich ans südliche Ende der Bucht paddelte, dort, wo die Welle sich zu brechen begann – dort war der Spot der Welle, dort musste ich der erste sein, der die Welle nahm und sich die Vorfahrt für die ganze Bucht sicherte. An diesem Spot aber waren die fünf, sechs Surfer, zu denen der mit der Zahnlücke und der kleine, glatzköpfige gehörten, und auch wenn ich zum ersten Mal in Saint-Leu war, musste mir Abasse nicht erklären, dass es keine gute Idee war, zum Spot zu paddeln, mich zu diesen Surfern zu gesellen und zu glauben, irgendwann an die Reihe zu kommen. Das sollte ich mir nicht herausnehmen. Das taten auch Abasse, Pierre-Yves und die anderen nicht, sie surften hinter dem grünen Raum, auf der nördlichen Seite, dort, wo die Welle noch ein schwaches Ende hatte und ein kurzes Gleiterlebnis bot.

Ich lag weiter auf meinem Brett und wartete ab. Eine Welle nach der anderen baute sich auf und brach auf dem Riff, und in jeder Welle sah ich einen Surfer, der auf ihr ritt und an mir vorbeischoss.

Die Schmerzen in meinem Fuß begannen zu brennen, auch krochen sie das Bein hinauf, das Pochen fühlte ich bald in der Wade, nicht nur der Fuß war geschwollen, auch der Knöchel, und er drückte gegen den Verband, die Haut hatte sich blau verfärbt.

Eine weitere Welle baute sich auf – eine Welle, die ich viel zu spät gesehen hatte. Und viel zu spät gesehen hatte ich auch, dass in ihr kein Surfer stand. Ich schaute in den Süden und suchte nach dieser Gruppe von Surfern, die dort vor sich hin paddelte, aber sie paddelte nicht zum Spot, sondern von ihm weg und aufs offene Meer hinaus. Wieder baute sich eine Welle auf, wieder war es eine Welle, in der kein Surfer ritt. Sofort paddelte ich in sie hinein, nahm Geschwindigkeit auf, spürte den Schub der unter mir sich bildenden Lippe, sprang aufs Brett und erlebte etwas, das mich zu einem anderen Menschen machte.

Die Welle machte mich zu jemandem, der selbstbewusst war, aber nicht arrogant, der emotional war, aber nicht instabil, der erhaben war, aber doch freundlich – und der immer und überall eine große Dankbarkeit ausstrahlte – eine Dankbarkeit nicht dafür, ein Mensch aus gutem Hause und mit vielen Privilegien zu sein, sondern dafür, das wundersame Glück gehabt zu haben, ein Surfer geworden zu sein.

Die Welle warf mich mit ihrer Lippe aus, und wie sie das tat, fand ich in die totale Stille des freien Falls. Ein freier Fall am Gesicht der Welle hinab. Ich landete an ihrem Fuß und schaffte eine Wende, bei der ich meine hohe Geschwindigkeit beibehalten konnte und wieder hinauf zum Kamm der Welle schoss.

Meine Geschwindigkeit gab mir so viel Stabilität, dass ich auf dem Kamm einige Meter surfte – also eigentlich über ihn hinwegflog – und dann wieder in diese totale Stille des freien Falls hineinfand.

Ich fuhr die hohe Wasserwand herauf und herunter und sah die ganzen Details ihrer Architektur, ihre Flächen, ihre Schultern, ihre Taschen, ihre Stufen, ihre spitzen und schnellen Auswürfe, ihre kleinen Hütchen, ihre stumpfen und langsamen Abschnitte: ich spürte, wo sie mir Geschwindigkeit gab, wo sie mir Geschwindigkeit nahm, merkte ihre Unebenheiten, ihre Hinterhalte, die gesamte Komplexität eines sich aufbauenden und dann brechenden Wassers entlang der langen Bucht von Saint-Leu. Ich ritt auf dieser Welle weiter und weiter und wusste, dass ich mich ganz unweigerlich dem grünen Raum näherte.

Noch könnte ich zum Kamm hochsurfen und über den Kamm hinüberspringen und aus der Welle herauskommen; noch könnte ich das tun und den gefährlichsten Teil der Welle meiden. Und immer noch dachte ich das, als die Welle über mir große Wassermengen auswarf und mich einschloss in ein wirbelndes und schäumendes Chaos, in dem ich aber weiter auf meinem Brett blieb und mir plötzlich meiner völligen Kontrolle gewahr wurde. Das also war der grüne Raum, dachte ich, schaute für einen kurzen Moment auf und sah das Sonnenlicht durch einen helltürkisen Vorhang hindurch, bevor ich merkte, dass die Welle eine Kurve machte und ich mich bewusst in diese legen musste. Ich fuhr also hindurch, schoss aus dem grünen Raum heraus und spürte, wie die brechende Welle einen dichten Wassernebel hinter mir herspuckte. Ich raste über einen holprigen Teil und kam in die dicht wachsenden

Korallengärten am nördlichen Ende der Bucht, wo ich stehend auf meinem Brett versank.

Ich schaute mich nach Pierre-Yves, Abasse und den anderen um – und ich sah, dass sie aufs offene Meer hinausgepaddelt waren, so wie die Surfer vom südlichen Ende.

Ich suchte das Meer ab und sah auch andere Surfer, die hinauspaddelten, alle in eine Richtung. Ich folgte ihnen und entdeckte die Rückenflossen von mehreren Delfinen, sie tauchten aus dem Wasser auf und wieder ein mit einer präzisen Gleichzeitigkeit.

Auch ich paddelte hinaus. Ich ließ mich von der Strömung erfassen und immer rascher hinaustragen. Bald fand ich mich sehr weit vom Ufer weg auf dem Meer und konnte die anderen nur sehr entfernt ausmachen – ich fühlte mich etwas verloren und spürte die in meinem Bein wieder aufkommenden Schmerzen.

Eine Gruppe von Delfinen tauchte direkt neben mir aus dem Wasser. Ich konnte ihre Rückenflossen sehen. Sie verschwanden, tauchten unter mir durch und auf der anderen Seite wieder auf; einer von ihnen schwamm um mich herum und kam dabei ganz nah an mich heran. Ich glitt von meinem Brett, tauchte unter und hörte unter Wasser die Delfine miteinander sprechen, es war wie das Klicken und Klacken von Murmeln.

Bald war das Klicken nicht mehr da, die Delfine waren verschwunden, ich tauchte auf und sah mich um. Ich war viel zu weit ins Meer getrieben, die Strömung war stark und würde mich noch weiter hinaustragen. So verging eine unglaublich lange Zeit, die ich im Wasser vor mich hinpaddelte.

Ich sah einen Helikopter auf mich zufliegen, ein Taucher seilte sich zu mir herab, schnallte mich fest, zog mich aus dem Wasser und brachte mich hinauf. Er sah meinen geschwollenen Fuß und gab dem Piloten Instruktionen, gleich ins Krankenhaus zu fliegen.

Ich blieb über eine Woche im Krankenhaus. Ich bekam Infusionen, meine Verbände wurden häufig gewechselt, bald wurden die Ärzte zuversichtlicher und sagten, sie würden mein Bein retten können.

Einen Monat später starb mein Vater. Kurz darauf verließ ich La Réunion.

Mir blieben die Erinnerungen an die Welle von Saint-Leu. Erinnerungen, die sich mir für mein weiteres Leben in den Weg stellten.

4

Ich hatte nicht erwartet, dass sich die Kunstlehrerin durch die vielen Seiten lesen würde, die ich über die Zeit in La Réunion, über Pierre-Yves, Abasse und Joëlle geschrieben hatte, aber sie tat es, und sie fragte mich, ob sie meine Arbeit – sie nannte es „Arbeit“ – an die Französischlehrerin weitergeben dürfte.

Die Französischlehrerin versuchte dann genauso wie die Kunstlehrerin, mich stärker in den Unterricht einzubeziehen. Es gab auch andere Lehrer, die ihre Fragen viel öfter an mich richteten und die schnipsenden Finger jener Schüler ignorierten, die immer alles wussten. Das führte dazu, dass ich mich mehr engagierte. Meine Noten wurden besser, ich wurde versetzt, ich wurde noch einmal versetzt – und schaffte es schließlich bis in die Terminale.

Die Terminale war die Zeit, in der über die Eliteuniverstäten diskutiert wurde. Die Ecole polytechnique, die Ecole nationale d'administration, die Ecole nationale supérieure des mines de Paris und so weiter. „Wenn ich dort nicht angenommen werde, kann ich mich gleich umbringen.“ Das sagte einer meiner Klassenkameraden.

Ich selbst beteiligte mich nicht an den Diskussionen, mir war das mit diesen Eliteunis ziemlich egal. Egal war mir überhaupt, was nach der Terminale auf mich zukommen würde, ich machte mir keine Gedanken darüber.

Umso mehr machte sich meine Mutter Gedanken, sie versuchte, mir zuzureden. „Du musst etwas lernen, es macht dich unabhängig. Du wirst frei sein. Bitte schau mich an, ich habe keine Ausbildung, ich habe keinen Beruf – ich habe nie für mich selbst entscheiden können."

„Ich will wieder nach Hause", sagte ich.

„La Réunion kann kein Zuhause sein."

„Kann ich das nicht für mich selbst entscheiden?"

Mein langhaariger Onkel versuchte es auf seine Weise. Er fing ziemlich harmlos an.

Er redete von seiner Zeit an der Ecole des mines, dass er dort seine Frau kennengelernt hatte. Sie waren viele Jahre glücklich miteinander verheiratet gewesen. Seine Frau hatte immer eine fragile Gesundheit gehabt, er trauerte noch jetzt um sie.

Dann redete er davon, dass er mich um die Zeit beneidete, die ich hätte: Ich hätte mein ganzes Leben vor mir, ich hätte endlose Möglichkeiten und so weiter und so weiter. Aber er warnte mich, ich sollte mich keinen Illusionen hingeben, es gäbe so viele dumme Menschen, die nur darauf warteten, sich durchzusetzen. Ehe ich mich versah, würde ich den Kürzeren ziehen. Das Leben würde an mir vorbeigehen und mir keine Chance lassen. Gerade ich, mit allem, was mir gegeben war, durfte das nicht zulassen.

„Du musst dir das so vorstellen", sagte er, „alle Menschen stehen auf diesem Fließband und fahren an Gott vorbei, und Gott taucht seinen Löffel in ein Glas voll Talent und gibt jedem vorbeifahrenden Menschen einen Löffel auf den Kopf. Und dann warst du dort auf dem Fließband. Aber als du gerade dabei warst, vorbeizufahren, hielt das Fließband an. Vielleicht war die Maschine kaputt, vielleicht gab es irgendein Problem mit der Transmission. Du standst dort auf dem Fließband direkt vor Gott und bekamst deinen Löffel voll Talent auf den Kopf. Und weil Gott nicht bemerkte, dass das Fließband angehalten hatte, tauchte er seinen Löffel wieder in das Glas und gab dir einen zweiten Löffel. Und dann einen dritten und vierten und fünften – er gab dir all das Talent, das im Glas war. Und dann war kein weiteres Talent mehr für die Menschen da, die hinter dir auf dem Fließband standen. Gott bedauerte das gegenüber diesen Menschen natürlich, aber zu dir sagte er: ‚Ich habe dir alles Talent gegeben – all das Talent, das ich hatte – du trägst deshalb ein sehr großes Versprechen mit dir: Nun bitte ich dich, hinaus in die Welt zu gehen und damit etwas anzufangen.' Das ist das, was Gott dir gesagt hat."

Mein Onkel schaute mich bedeutungsvoll an. Dann fuhr er fort. „Mein Lieber, du läufst mit diesem ganzen Talent herum und weißt nicht, was du damit anfangen willst. Stattdessen willst du dich auf dieser Tropeninsel weitab von jeglicher Zivilisation verstecken und – was eigentlich? Dich an den Strand legen? So einfach ist das nicht. Ich würde auch viel lieber in einer Wohnung im Marais leben und Gedichte auf Seidenpapier schreiben, statt mit stärkeren und schwächeren Aktionärsseiten zu streiten."

„Und warum machst du das nicht?"

„Du kannst dein Leben nicht so verramschen. Du hast eine Verantwortung, nicht nur Gott, sondern auch deiner Mutter gegenüber. Außerdem bist du ein Repräsentant unserer Familie, auch wenn du zum schwächeren Ast gehörst. Wenn du mit deinem Leben nichts anfängst, wirst du eines Tages auf mich zurückkommen, du wirst mich darum bitten, dir zu helfen, du wirst mein Geld haben wollen. Vielleicht werde ich dir ein kleines bisschen von meinem Geld geben, gerade so viel, dass du über die Runden kommst. Das Geld wird aber nie lange reichen, du wirst immer und immer wieder zu mir zurückkommen und mich um Geld bitten müssen, und jedes Mal, wenn du das tust, werde ich dir das sagen, was ich dir heute sage. Und ich werde dir noch mehr sagen. Ich werde dir sagen, dass du ein Schwächling und ein Versager bist, dass du es nicht wert bist, den Namen unserer Familie zu tragen. Jedes Mal, wenn du ankommst, werde ich dir das sagen. Und du wirst trotzdem immer wieder kommen und mich mit Hundeaugen um Geld bitten. Und jedes Mal werde ich so unangenehm werden, dass du dich gedemütigt fühlst. Du wirst dich immer gedemütigt fühlen, wenn du mir zuhören musst; und du musst mir zuhören, weil du mein Geld willst. Auch jetzt, wie du hier vor mir sitzt und meinst, ich würde dir einen Rat für dein Leben geben, solltest du dich gedemütigt fühlen. Und wenn das noch nicht so ist, kann ich dir gerne noch ein bisschen deutlicher sagen, was ich von dir halte."

Mein Onkel schüttelte angewidert den Kopf und sagte: „Irgendwann, wenn dein Leben vorbei ist und du vor Gott stehst, wird er dich fragen, was du mit deinem Leben gemacht hast. Und dann? Was sagst du ihm dann?"

„Ich muss ihm ja nicht die Wahrheit sagen."

Für einen Moment wusste mein Onkel nicht, was er dazu

sagen sollte. Dann warf er mir vor, nicht kooperativ zu sein – für ihn war das Gespräch vorbei; er würde sich wieder mit mir unterhalten, wenn ich einen ehrlichen Versuch unternommen hätte, erwachsen zu werden.

Ich fragte meine Mutter, warum mein Onkel nicht ins Marais zog und dort Gedichte auf Seidenpapier schrieb. Meine Mutter zuckte mit den Schultern und sagte: „Vielleicht, weil es im Marais keine großen Wohnungen gibt."

Mein fehlendes Interesse an meiner eigenen Zukunft fiel aber auch der Kunstlehrerin auf. Sie bat mich um ein Gespräch.

Bis dahin hatte ich ein allgemeines Misstrauen zu allen Leuten entwickelt, die meinten, mich zur Seite nehmen und mich fragen zu müssen, was ich mit meinem Leben anzufangen gedachte, und dieses Misstrauen hatte ich auch der Kunstlehrerin gegenüber.

Aber sie begann unser Gespräch nicht mit der Frage, wie ich es mit meinem Leben hielte – was ich wollte, was ich konnte; um dann mit meinen Antworten nichts anfangen zu können und mich als wenig konstruktiven, ja, ungezogenen Schüler zu entlassen. Stattdessen blickte sie mich erst einmal an und erlaubte mir, auch sie anzublicken. Ihre grünen Augen waren wässrig, ihre weiße Haut wirkte angesichts der vielen hindurchschimmernden Äderchen sehr verletzlich, das rote Haar stand ihr dieses Mal in unregelmäßigen Locken um den Kopf herum. In ihrer Stimme war wieder dieses Zittern, ein Zittern, das auch in ihren Händen war, und es war in ihrem Gesicht, es war überall: Die Kunstlehrerin zitterte, und sie erlaubte mir mit einer geheimnisvollen Souveränität, dieses Zittern zu sehen.

Ich hoffte, sie würde nicht versuchen, mir zu sagen, wie sehr sie sich in den Jahren darum bemüht hatte, mir etwas beizubringen, und dass sie nun einsehen musste, dass das alles umsonst war. Ich würde mit all dem, was sie mir gegeben hatte, achtlos umgehen, achtlos und rücksichtslos, und deshalb würde sie an ihrer Aufgabe als Lehrerin verzweifeln. Es hätte ja doch keinen Sinn, solche Schüler wie mich zu fördern und große Hoffnungen auf sie zu setzen; so etwas zu tun war ein großer Fehler, das müsste sie sich endlich eingestehen, am Ende stand sie wieder einmal mit leeren Händen da, es rieb sie auf, es machte sie verletzlich, es brach ihr das Herz.

Aber die Lehrerin tat etwas anderes. Sie öffnete ihre Tasche, nahm einen kleinen Spiegel und einen Lippenstift heraus und malte sich – mit zitternden Händen – die Lippen in einem knalligen Rot an. Dafür nahm sie sich Zeit. Und sie ließ mich dabei zuschauen. Dann steckte sie den Lippenstift und den Spiegel wieder zurück in die Tasche und schaute mich an.

Ihre angemalten Lippen ließen mich nicht los, ich starrte auf ihren Mund.

„Was willst du nach deinem Abschluss machen?“, fragte sie.

Mein Blick löste sich von ihrem Mund. „Ich möchte wieder zurück nach La Réunion.“

„La Réunion?“

„Ja.“

„Was willst du dort machen?“

„Meine Freunde wiedersehen.“

„Joëlle?“

„Nein, nicht Joëlle." Mir fiel erst später ein, weshalb die Kunstlehrerin von Joëlle wusste. „Ich meine Pierre-Yves und Abasse. Ich möchte mit ihnen nach Saint-Leu fahren und die Welle dort nehmen."

„Steht dir irgendetwas im Weg?"

„Ich diskutiere das mit meiner Mutter und mit meinem Onkel. Und jetzt auch mit Ihnen."

„Ich stehe dir nicht im Weg. Wie lange möchtest du dort bleiben?"

„Für immer."

„Du wirst dich ernähren müssen."

„Das betont auch mein Onkel."

Ich erzählte ihr von dem, was mein Onkel gesagt hatte, also, dass ich mir vorzustellen hatte, auf einem kaputten Fließband zu stehen und von Gott einen Löffel voll Talent nach dem anderen auf den Kopf zu bekommen und so weiter.

Die Kunstlehrerin lachte darüber. Zwischen den knalligen Lippen zeigte sie ihre weißen, sehr schönen Zähne. „Vielleicht will dir dein Onkel nur sagen, dass es Zwänge gibt, und dass dich diese Zwänge umso stärker demütigen, je länger du glaubst, sie gälten nicht für dich."

„Soll ich auf diese Zwänge eingehen? Ich würde auf die Ecole des mines gehen und so werden wie mein Onkel."

„Du musst nicht auf sie eingehen, du musst ihnen entkommen."

„Deshalb will ich wieder nach La Réunion."

„Entkommen heißt nicht, vor ihnen zu flüchten."

„Das verstehe ich nicht."

„Irgendwann wirst du es verstehen. Übrigens fotografierst du sehr gut. Nimm eine Kamera mit nach La Réunion und schieß ein paar Fotos. Vielleicht findest du darin etwas, das dich auf eine Idee bringt, eine Idee, die dich ernähren kann."

„Ist es das, was Sie mir sagen wollten?"

Ich spürte wieder mein Misstrauen.

„Ich möchte dir noch etwas sagen", sagte die Kunstlehrerin. „Viel Glück bei deinen Abschlussprüfungen."

5

Ich nahm tatsächlich meine Kamera und reiste nach La Réunion. Ich versuchte zu begreifen, was mir während der Jahre in Paris entgangen war.

Ich saß in einem Café in Roches Noires und schaute auf die Welle hinaus. Dabei machte ich einige halbherzige Fotos von Surfern, die sich von den Wellenkräften erfassen ließen, diesen Kräften entkamen, sich wieder erfassen ließen und so weiter.

Weil ich auf der Welle in Roches Noires das Surfen erlernt hatte, war sie so etwas wie ein Zuhause für mich. Doch wie ich die Surfer dort fotografierte, kam sie mir fremd vor – sie brach auf der rechten Seite viel zu schnell, auf der linken Seite war sie viel zu flach, zu weich und brach viel zu langsam. Vielleicht kam die Strömung nicht aus Südwest, vielleicht aber hatte sich der Grund unter der Welle verändert. Die Korallen könnten in den Jahren, die ich in Paris verbracht hatte, gewachsen sein.

Ein wenig hatte ich mich darauf vorbereitet, dass La Réunion nicht mehr so sein würde, wie ich es in Erinnerung hatte. Ich hatte mir gesagt, mein Wunsch nach einem heimatlichen Ort wäre doch eigentlich der Wunsch nach einer heimatlichen Zeit, einer Zeit, die in der Vergangenheit lag und nicht mehr wiederzubringen war. Ich wollte offen für das sein, was in La Réunion anders war. Das umfasste eine in Roches Noires etwas anders brechende Welle. Aber das war nicht das einzige.

Ich hatte gehört, dass Pierre-Yves in einem kleinen Häuschen im Chemin de Surprise wohnte. Auch hörte ich, dass Abasse bei ihm untergekommen war.

Abasse hatte in einem Mirador-Zelt im Wald von Bélouse gelebt und war in einem Zeitungsartikel als Manitou von La Réunion beschrieben worden. Er hätte weiter dort gehaust, wenn der Zyklon Colina nicht über die gesamte Plaine de Palmiste gefegt wäre und das Zelt zerstört hätte. So musste Abasse woanders unterkommen und war bei Pierre-Yves eingezogen.

Aber Abasse war nicht im Häuschen im Chemin de Surprise, als ich dort vorbeikam. Ich traf nur auf Pierre-Yves.

Pierre-Yves war für mich immer noch dieser arrogante Festlandfranzose, der zu den besten Surfern von La Réunion gehörte. Ich erinnerte mich daran, wie ich ihn zum ersten Mal in Roches Noires gesehen hatte. Er hatte noch kein Shortboard, auf dem seine schnellen Reflexe auffielen; stattdessen surfte er auf dem Longboard Single Fin seines Vaters. Pierre-Yves fand die Gleitlinie in der Welle immer sofort, und wenn er sie gefunden hatte, ging er auf dem Brett ganz nach vorne, stellte sich dort aufrecht und stramm hin wie ein Soldat in Habacht und wackelte mit allen Zehen über der Brettspitze. Er beherrschte die Hang-ten-Figur, und wer die beherrscht, der ist Herr über die Wellen.

Aber in diesem Häuschen im Chemin de Surprise machte Pierre-Yves einen ganz anderen Eindruck auf mich. Er stand in kniehohem Schlamm und schaufelte vor sich hin. Seine Augen waren gerötet – ich war mir nicht sicher, aber mir kam es so vor, als hätte er geweint.

Der Schlamm war in der Küche, er war im Wohnzimmer, er war in einem Zimmer mit zwei nackten Matratzen, auf denen abgewetzte Schlafsäcke lagen – und Pierre-Yves versuchte, ihn aus dem Haus zu schaufeln.

„Wie ist das passiert?“, fragte ich.

„Immer wenn es in den Bergen regnet, kommt eine Lawine runter.“

„Aber in den Bergen regnet es ständig.“

Pierre-Yves zuckte mit den Schultern. „Die Miete ist niedrig.“

Ich nahm eine Schaufel und half ihm. Wir schaufelten den ganzen Nachmittag. Es würde einige Tage dauern, bis das Haus wieder sauber wäre, vielleicht käme dann die nächste Lawine. Die Sonne ging unter, es wurde dunkel, Pierre-Yves machte eine Petroleumlampe an. Elektrizität gab es im Haus nicht, und fließendes Wasser nur sechs Stunden pro Woche, mittwochs und sonntags, immer dann, wenn die Verwaltung die Zisterne aufmachte.

„Haben dich deine Eltern rausgeschmissen?“, fragte ich ihn.

Pierre-Yves mied meinen Blick, er lachte etwas unsicher, er senkte dabei den Kopf, als wollte er das Lachen für sich behalten. Seine langen, blonden Haare waren ganz platt, auf einer Seite teilten sie sich und brachten das Ohr zum Vorschein, es stand regelrecht zwischen den platten Haaren heraus.

„Meine Eltern wissen nicht, dass ich hier bin“, sagte er, „die glauben immer noch, ich bin in Paris.“

Pierre-Yves erzählte, dass er die Terminale etwas rascher erreicht und den Sprung auf eine Ingenieursschule in Paris geschafft hatte. In der Aufnahmeprüfung wurden Fragen nach der Ersten Republik gestellt. Er konnte in den Kursen mithalten. Aber irgendwann kam er morgens nicht mehr aus dem Bett, starrte gegen die Decke und überlegte, sich umzubringen. Er wurde depressiv. „In Paris kann man nicht surfen", sagte er.

Das Flugmonopol von Air France fiel, Flüge nach La Réunion wurden günstig. Pierre-Yves kaufte sich ein Ticket und kam wieder her. Seinen Eltern sagte er nichts. Anfangs lebte er am Strand – er steckte seine Wertsachen in eine Plastiktüte, vergrub sie im Sand und markierte die Stelle mit einem Korallenstück. „Einmal hat jemand das Korallenstück weggenommen, ich habe die ganze Nacht Löcher in den Sand gegraben." Er aß die Fische, die er im Meer fing, pflückte Mangos und Litschis von den Bäumen, schlug Wespennester von den Dachrinnen, briet die Wespenlarven in Öl.

Pierre-Yves redete wie ein Bekehrter. „Jeden Tag war ich surfen, alles kam zurück, ich war mein volles Ich, das Meer umarmte mich und machte mich stark. Es reinigte mich von der Zeit in Paris, es brachte mich zur Ruhe, es gab mir die Wahrheit zurück. Das Meer ist die Wahrheit, es ist meine Wahrheit."

„Wie lange hast du am Strand gelebt?"

„Die Polizei hat mich nach einigen Wochen vertrieben. Ich bin auf den Campingplatz von Saint-Leu gegangen. Ich gewann dort Freunde: Australier, Südafrikaner, Brasilianer. Wenn ich etwas zu essen hatte, teilte ich es mit ihnen, wenn sie etwas zu essen hatten, teilten sie es mit mir. Es hätte immer so bleiben können, es war das pure Glück, aber dann kamen die Marokkaner."

Pierre-Yves erzählte von ihnen. „Ich hatte geglaubt, ich könnte mich mit denen anfreunden. Wir sind alle Surfer, wir lieben das Meer, wir lieben die Wellen. Wie viele Menschen gibt es auf der Welt? Sechs Milliarden, sieben Milliarden? Wir sind viel zu viele, wir müssen lernen, zu teilen. Wir müssen auch die Wellen teilen. Ich habe meine Wellen den Marokkanern gegeben. Die Marokkaner nahmen sie, sie nahmen alle meine Wellen, sie teilten nicht. Ich habe ihnen noch einmal gesagt, dass wir teilen müssen, aber sie nahmen das nicht ernst. Sie sagten, ich könnte eine Welle haben, aber die Welle, die sie mir gaben, gaben sie mir nicht wirklich. Ich nahm die Welle, wollte auf ihr reiten – aber dann sprang einer von ihnen auf sein Brett, schnitt mich, zeigte mir den Mittelfinger und ritt die Welle ab. Ich konnte nur geradeaus und direkt ins Korallenriff fahren. Mein Surfboard war kaputt."

Pierre-Yves überlegte einen kurzen Moment lang; dann sagte er: „Die Marokkaner legten sich mit allen an. Sie schlugen Jean-Louis zusammen. Ich habe Jean-Louis seitdem nicht mehr in Saint-Leu gesehen. Vielleicht ist er in Roches Noires oder in Saint-Paul. Auch die anderen Surfer sind kaum noch in Saint-Leu, sie surfen woanders."

„Surfst du noch in Saint-Leu?"

„Ich habe ein Kilogramm Zamal bei mir im Zelt gefunden. Ich habe es ins Meer geworfen. Kurz danach war die Polizei da und durchsuchte mein Zelt mit einem Drogenhund. Sie durchsuchte nur mein Zelt. Ich wusste, dass die Marokkaner mir das untergeschoben hatten. Ich habe den Campingplatz verlassen. Jetzt wohne ich hier, die Miete ist niedrig. Ich surfe manchmal in Trois-Bassins, aber Trois-Bassins ist immer sehr voll. Meistens gehe ich auf die Tortue."

Wir sprachen über die Tortue und dass sie überhaupt nicht zu vergleichen wäre mit der Welle in Saint-Leu. Der Pic du diable war besser als die Tortue, die Welle vor der Lagune der Hermitage war besser, und auch die Kaskolé in Saint-Paul war besser als die Tortue – aber die Kaskolé baute sich nur bei Nordostströmungen auf, und Nordostströmungen gab es selten.

Ich sagte Pierre-Yves, dass ich auch wegen der Welle in Saint-Leu wieder zurück nach La Réunion gekommen war, und dass ich die Welle jetzt surfen wolle. Die Marokkaner könnten mich davon nicht abhalten. Aber Pierre-Yves warnte mich, er sagte: „In Saint-Leu ist die Lage sehr angespannt. Schau erstmal, wer auf der Welle ist, und wenn es die Marokkaner sind, solltest du dort nicht surfen. Du kannst ja an einem anderen Tag wiederkommen, die Marokkaner sind nicht immer im Wasser."

Aber ich nahm die Warnung von Pierre-Yves nicht ernst und fuhr einige Tage später mit meinem neuen Mickey-Rat-Board nach Saint-Leu.

Wie ich die Route Nationale in den Süden nahm, über den letzten Hügel fuhr und die Bucht von Saint-Leu vor mir sah, erinnerte ich mich an die Fahrt mit Abasse und Pierre-Yves und den anderen, an das Wochenende mit den parfümierten Kerzen von Joëlle, und wie ich die Welle von Saint-Leu ein erstes und einziges Mal nahm. Ich erinnerte mich an all das und konnte mein Glück gar nicht fassen, wieder hier zu sein.

Ich wollte auf den Parkplatz fahren, auf den Abasse damals mit seinem VW Bully gefahren war; es war der Parkplatz direkt am Meer, gleich neben dem Campingplatz. Die Zufahrt zum Parkplatz aber war blockiert von einigen übereinandergelegten Lavabrocken. Ich hielt vor den Lavabrocken an, stieg aus dem Auto, schaute mich um und machte mich daran, die Lavabrocken aus dem Weg zu räumen. Ich wollte die Einfahrt zum Parkplatz wieder frei haben, nicht nur für mich, sondern auch für den VW Bully von Abasse.

Wie ich die Lavabrocken wegräumte, traf mich ein Stein an der Schulter. Ein spitzer, aber kleiner Stein. Ich schaute auf und sah eine Gruppe von Arabern. Das mussten die Marokkaner sein. Die Marokkaner warfen weiter Steine. Sie kamen näher heran und schrien mich an. Dann traf mich ein zweiter Stein, und es traf mich ein dritter Stein, und dann traf mich noch einer, diesmal ein größerer, er traf mich am Kopf. Die Stelle am Kopf fühlte sich nass an; ich fuhr mit der Hand dorthin und erschrak angesichts des vielen Blutes, das von meinen Fingern herabtropfte. Noch ein Stein und noch einer. Das Blut lief mir vom Kopf herunter in die Augen, den Hals herab und in das Hemd. Ein größerer Stein schlug neben mir ein. Ich richtete mich auf, ein Stein traf mich am Knie. Ich lief humpelnd zum Auto zurück, ein Stein traf mich im Rücken; ich riss die Tür auf und stieg ein, ein Stein schlug auf der Motorhaube auf. Ich machte das Auto an, schaltete in den Rückwärtsgang und fuhr mit quietschenden Reifen zurück. Ich fuhr in die Rue de la Compagnie des Indes, bog in die Rue du Général Lambert und fühlte mich erst dort in Sicherheit.

In der Ambulanz von Bellepierre wurde die Wunde an meinem Kopf mit vier Stichen genäht. Der Arzt sagte mir, ich sollte das Knie einige Tage ruhigstellen.

Schon am nächsten Tag fuhr ich den Chemin de Surprise wieder hinauf zu Pierre-Yves. Ich wollte eingestehen, dass ich seine Warnungen hätte ernstnehmen müssen; ich wollte ihm aber auch sagen, dass wir die Marokkaner nicht hinnehmen dürften, wir könnten ihnen die Welle von Saint-Leu nicht einfach so überlassen. Aber im Chemin de Surprise traf ich nicht nur auf Pierre-Yves, sondern auch auf Abasse.

Pierre-Yves und Abasse saßen auf der mittlerweile wieder freigeschaufelten Terrasse und rauchten Blätter, die sie zuvor mit Wäscheklammern an einer Leine aufgehängt und getrocknet hatten. Dazu tranken sie einige Flaschen „Dodo". Sie boten auch mir ein „Dodo" an. Abasse war gerade dabei, von einer Valérie zu erzählen. Ich wollte ihn unterbrechen und mich über diese Marokkaner auslassen, aber Abasse gab mir zu verstehen, dass er sich nicht unterbrechen lassen wollte, und wegen mir würde er sogar noch ein wenig ausholen. Ihn interessierte auch gar nicht, woher ich das große Pflaster auf meinem Kopf hatte. Was immer ich zu melden hätte, ich könnte es später tun. Sollte mir das nicht passen, könnte ich ja wieder abhauen.

Abasse strahlte eine fast schon radioaktive Energie aus; es schien, als steckte die Sonne von La Réunion und die Kraft des Meers in ihm, und beides kam aus ihm heraus mit einem breiten und offenen Lachen, das den ihn mittlerweile schmückenden Gerry-Lopez-Schnurrbart auseinanderspreizte und einen abgebrochenen Schneidezahn freilegte. Sein Gesicht war dunkelbraun gebrannt und schon etwas faltig geworden, weiße Oxyplastine-Reste klebten auf der Nase und unter den Augen. Unter seinem engen *Billabong*-T-Shirt bewegten sich straffe Muskeln, seine dicken Oberschenkel waren noch dicker geworden. Abasse sah aus, wie jemand aussieht, der in diesen ganzen Jahren auf La Réunion oder irgendwo sonst in der Welt in den Wellen geritten war; ich dagegen – sah aus wie jemand, der auf dem Lycée Général „Louis Pasteur“ in Neuilly um seine Versetzung gekämpft hatte.

Und dann erzählte Abasse noch ein wenig mehr von Valérie, dieser Frau, bei der er nicht wusste, ob er mit ihr zusammenkommen wollte.

Valérie trug ein Goldkettchen am Fußgelenk, und die Sonne von La Réunion bräunte sie so ausgiebig, dass sie trotz ihrer fünfundfünfzig Jahre immer noch einigermaßen anziehend war. Abasse war schon einige Male bei ihr zu Hause gewesen und durfte sich die Bilder ihres Sohns ansehen: Er malte Bilder aus dem Louvre ab. Eins davon hing im Wohnzimmer, es zeigte eine sich kämmende Prinzessin. Valéries Sohn war schon zwanzig, aber er malte immer noch Bilder von sich kämmenden Prinzessinnen. Valérie hatte einen hohen Machtanspruch und setzte sich gegenüber ihrem Sohn durch. Aber nicht nur gegenüber ihrem Sohn.

Valérie arbeitete im Hafen, sie trug einen Schutzhelm auf dem Kopf und hatte mit Be- und Entladungen zu tun – dabei musste sie regelmäßig durchgreifen. Die Hafenarbeiter veranstalteten einmal eine Orgie auf einem der Schiffe. Wenn

Valérie von dieser Orgie gewusst hätte, hätte sie sie verboten – auch deshalb, weil die Hafenarbeiter dazu eine Prostituierte eingeladen hatten. Die Prostituierte hieß Sheherazade, und Sheherazade fiel die Schiffstreppe runter und zog sich eine Gehirnerschütterung zu. Valérie wurde zum Gericht bestellt, ihr Unternehmen wurde zur Verantwortung gezogen, Schmerzensgeld musste bezahlt werden und so weiter. Valérie sprach ein generelles Verbot für jegliche Art von Feierlichkeiten auf Schiffen aus. Auch prüfte sie die Listen der Leute, die auf den Schiffen verkehrten; sie wollte sichergehen, dass dort keine Sheherazade auftauchte.

Damit aber waren die Hafenarbeiter nicht einverstanden, sie streikten zwei Wochen lang, sie wollten Valérie rausgeworfen sehen, und sie wollten Sheherazade zurück. Am Ende kriegte Valérie die Hafenarbeiter weich und schlug den Streik nieder, und ihr ältester Sohn malte am nächsten Bild, das wieder eine sich kämmende Prinzessin zeigte.

Abasse erzählte, dass er Valérie einige Male am Arm und an der Schulter angefasst hatte, ihre Haut war ganz weich und elastisch, er hatte das Gefühl, in ein ausgeleiertes Sofakissen zu greifen. Er konnte das erst verstehen, als sie ihm von ihren Gewichtsschwankungen erzählte; sie hätte einen ziemlich großen Kleiderschrank und darin gäbe es lauter Kleider in den Größen von sechsunddreißig bis vierzig, und je nachdem, in welcher Verfassung sie gerade war, passte sie in die Kleider auf der linken Seite des Kleiderschranks oder die auf der rechten Seite.

Valérie trug ein rotes Lederbändchen um den Hals, und daran baumelte der Kopf eines Playboy-Bunnys. Das Playboy-Bunny war silbern und hatte einen roten Stein als Auge. Abasse erzählte, wie dieser rote Stein ihn immer so anfunkelte, als stellte auch er die Frage, ob Abasse mit ihr zusammenkommen wollte. Aber das Playboy-Bunny stellte diese Frage sehr ungeduldig, er ließ Abasse keine Zeit. Abasse müsse sich entscheiden.

Das erzählte Abasse von Valérie. Wir hörten zu, tranken einige Flaschen Dodo und lachten ein wenig.

Ich blieb zum Abendessen. Pierre-Yves und Abasse servierten Lebensmittelabfälle, die sie vom Score in Saint-Leu hatten. Pierre-Yves schnitt die faulen Teile aus einer Mohrrübe; ich biss mich an den Schimmelherden in einer Brotscheibe vorbei. Als ich das tat, schaute ich auf meine Flasche „Dodo".

Vom Etikett der Flasche starrte mich dieser flugunfähige Vogel an als wäre ich jemand, der in einem kleinen Häuschen schimmliges Brot aß, auf eine durch die Haustür kommende Schlammlawine wartete, eine fünfundfünfzig Jahre alte Verehrerin mit Gewichtsschwankungen hatte, von der Zeitung Manitou genannt wurde, sich von Marokkanern Steine an den Kopf werfen ließ, den weiten Weg von Paris gekommen war, ohne auf der Welle von Saint-Leu reiten zu dürfen – und der ansonsten genauso flugunfähig war wie dieser vom Etikett mich anstarrende Dodo.

Es wurde Zeit, das Problem mit den Marokkanern anzusprechen.

Ich zog das auf meinem Kopf klebende Pflaster ab, zeigte Pierre-Yves und Abasse die freirasierte Stelle mit der noch nicht verheilten Wunde und sagte: „Das Surfen ist nicht mehr das, was es war, als ich von hier wegging. Damals waren wir den ganzen Tag im Wasser, wir haben gelacht, wir haben herumgequatscht, wir haben eine Welle genommen oder sie jemandem überlassen; wir haben Neuankömmlingen gezeigt, wo der Spot der Welle war; wir warnten sie vor dem Kartoffelfelsen in Trois Bassins und den Seeigelbänken in Roches Noires. Vielleicht hat es mal Streit gegeben, aber daran kann ich mich gar nicht mehr erinnern. Und jetzt? Jetzt sind diese Marokkaner hier und glauben, ihnen gehöre die Welle."

Es war Abasse, der nickte und sagte: „Bisher war ich der Einzige, der das auch so sah. Die Marokkaner nehmen uns die Wellen weg, sie stehlen sie uns. Wir lassen uns ficken."

Abasse nahm einen Schluck Bier. „Wir sind hier aufgewachsen", sagte er, „wir sind hier immer gesurft. Es hat Monate gegeben, in denen es keine Wellen gab oder in denen der Wind die Wellen kaputtmachte oder in denen das Wasser von Haien verseucht war – wir mussten das durchstehen. Wir haben das durchstanden: Wir haben uns die Wellen von La Réunion verdient. Wer heute auf ihnen surfen will, muss uns erst fragen. Die Wellen von La Réunion sind unsere Wellen, die Welle von Saint-Leu ist unsere Welle – sie gehört uns."

„Die Welle von Saint-Leu kann dir nicht gehören", sagte Pierre-Yves.

„Warum nicht?"

„Ein solcher Anspruch vergiftet das Surfen, er bringt negative Energie in den Sport."

„Dafür haben die Marokkaner schon gesorgt."

„Wenn wir meinen, uns gehörte die Welle von Saint-Leu, dann wird Saint-Leu etwas, das wir immer abgelehnt haben.

Saint-Leu macht uns nicht mehr frei vom Besitzdenken, das unsere Gesellschaft vollkommen unbeweglich gemacht hat. Mit den Marokkanern müssen wir das anders lösen."

Und dann sagte er weiter: „Wenn wir uns hinaus auf das Meer begeben und dabei ein offenes Herz haben, wenn wir surfen einzig wegen der Reinheit des Surfens, dann werden wir vom Meer aufgenommen; das Meer verhilft uns zu einer Neugeburt, es tauft uns, es gibt uns alles, was wir brauchen – es bringt alles in ein Gleichgewicht, ohne dass uns irgendetwas gehören muss. Wir müssen nur ein offenes Herz haben. Die Marokkaner werden einsehen, dass die Wellen immer wieder kommen, sie werden den Reichtum des Meers verstehen, sie werden zu einer neuen Kultur finden, die den Wert des Einzelnen nicht festmacht an dem, was ihm gehört, sondern an dem, was er zu geben vermag. Das ist die Kultur der Polynesier. Wer zehn Hühner zu geben vermochte, war mehr wert als derjenige, der zehn Hühner besaß. Jeder Einzelne von uns ist in den Augen des anderen mehr wert, wenn er Wellen gibt, statt dass er Wellen nimmt. Je mehr wir in den Augen des anderen wert sind, desto mehr Respekt werden wir bekommen, und je mehr Respekt wir bekommen, desto mehr Wellen werden uns gegeben. So finden wir zu einem Gleichgewicht zwischen uns, wir finden zu einem Gleichgewicht mit den Marokkanern; einem Gleichgewicht aus Großzügigkeit und Respekt – und damit erhalten wir uns die lebende Magie der Welle von Saint-Leu."

„Nein", sagte ich, „wenn sich das Problem mit den Marokkanern so einfach lösen ließe, wie du dir das vorstellst, wäre es längst gelöst. Du hast den Marokkanern doch deine Wellen überlassen und im Gegenzug ein Kilogramm Zamal ins Zelt gesteckt bekommen – ich hoffe nicht, dass das die von dir erwartete Großzügigkeit ist."

Auch Abasse schüttelte den Kopf. „Wir werden die Marokkaner von hier verjagen. Sie haben uns Saint-Leu genommen, wir werden uns Saint-Leu wieder zurückholen. Wir müssen den Marokkanern nicht in den Arsch kriechen, die Marokkaner werden nicht mehr lange hier sein. Surfen ist kein sozialer Sport, er verlangt nicht, dass man sich mit anderen arrangiert. Eine Welle zu reiten ist eine absolut individuelle Sache. Es geht um dein Talent, dein Können, deinen Stil, es geht um deine Fitness, um Stärke, Schnelligkeit und Beweglichkeit. Es geht darum, das Meer richtig zu lesen und die Wellen richtig einzuschätzen. Zu wissen, wo du im Wasser sein musst, damit dich die Welle aufnimmt. Es geht immer nur um dich selbst und um das Meer. Ich kann irgendwo auf der Welt surfen – ich kann es ohne dich tun, jeder von uns kann das, wir brauchen einander nicht. Und deshalb müssen wir niemandem in den Arsch kriechen. Beim Surfen geht es nicht um einen höheren Geist, um Freiheit, um Demut vor der Größe des Ozeans, um eine Religion, die gemeinsam erlebt wird … das ist totaler Quatsch, es geht um etwas anderes, es geht um Risiko, es geht um Kräfte, die mit deinem Leben spielen. Was diesen Sport ausmacht, ist der bis in die absolute Aggression hinein gesteigerte Wunsch, in der Gefahr zu überleben: Aggression, wer sie nicht hat, wird von der Welle besiegt, wer sie hat, besiegt die Welle, er hält sich auf der Welle, er schafft einen perfekten Ritt, er erfährt ein Gefühl, das er nicht teilen kann. Ich jedenfalls kann es nicht, und ich will es nicht, schon gar nicht mit den Marokkanern."

„Ich auch nicht", sagte ich.

Pierre-Yves schaute uns verständnislos an; er sagte zu Abasse „Wenn du die Marokkaner aus dem Wasser haben willst, brauchst du einen Plan. Hast du den?"

„Wir reden mit denen", sagte Abasse.

„Du willst mit denen reden?"

„Ja."

„Wir sind drei, die Marokkaner sind mehr als zwanzig. Du willst auf den Campingplatz gehen und mit denen reden?"

„Wir können die anderen fragen, ob sie Einsatz zeigen wollen. Mathieu zum Beispiel, Thierry, Simon, Guy, Hervé." Abasse zählte immer mehr Namen auf. „Frédéric, Gérard, Yves-Bernard, Mark, Clément, Ibrahim. Außerdem Richard und Jean-Louis. Wir mobilisieren alle."

„Und mit denen willst du zu den Marokkanern gehen und … reden?"

„Ja. Erstmal."

„Erstmal?"

„Wenn die Marokkaner mit sich reden lassen, werden wir mit ihnen reden. Wenn nicht – naja."

Am Ende waren wir mehr als vierzig. Pierre-Yves war nicht dabei. Er wollte sich nicht an so etwas beteiligen, er sagte, wir sollten aufpassen, einige von uns würden Waffen mitbringen, Pangas, Wurfsterne, Schlagringe, es könnte Tote geben. Aber Abasse tat das mit den Worten ab „Wir werden uns ganz legitim verteidigen."

Gegen Mitternacht versammelten wir uns auf dem Parkplatz des Mickey-Rat-Surfshops in Saint-Leu. Abasse stand vor uns und sagte: „Wer heute Einsatz zeigt, bekommt ein lebenslanges Recht auf die Welle von Saint-Leu, wer das nicht tut, braucht sich nicht mehr blicken zu lassen."

Wir marschierten gemeinsam zum Campingplatz. Am Eingang des Campingplatzes befahl Abasse uns, anzuhalten. Er ging alleine auf den Campingplatz. Die Marokkaner saßen um ein großes Feuer herum, einer spielte Gitarre. Abasse trat in das Licht des Feuers, die Gitarre verstummte, die Marokkaner starrten ihn an. Abasse sagte: „Ich möchte mit euch reden." Die Marokkaner schauten sich misstrauisch um, einer entdeckte uns und schrie los. Sofort sprangen alle Marokkaner auf und rannten weg. Das geschah so schnell, dass wir ihnen nicht nachliefen. Der Campingplatz war auf einmal leer, wir standen etwas ratlos herum und fragten uns, was wir jetzt machen sollten.

Dann kam einer der Marokkaner zurück. Er rauchte eine große Tüte Zamal, kicherte vor sich hin und setzte sich auf einen am Feuer stehenden Klappstuhl. Wir schauten uns um und suchten nach den Marokkanern, weil wir glaubten, sie organisierten sich zu einem Gegenschlag; wir konnten sie aber nirgends ausmachen. Der Marokkaner saß weiter in diesem Klappstuhl, rauchte Zamal und kicherte vor sich hin. Abasse baute sich vor ihm auf und fragte: „Warst du derjenige, der meinen Freund hier" – er zeigte auf mich – „mit Steinen beworfen hat?" Der Marokkaner kicherte. Abasse setzte nach und sagte: „Weißt du, wie gefährlich das ist, jemanden mit Steinen zu bewerfen?" Der Marokkaner hörte nicht auf zu kichern.

„Der hat zu viel geraucht“, sagte ich, „der kriegt nichts mit.“

„Und warum ist er abgehauen?“

„Der ist nicht abgehauen“, sagte ich und zeigte auf seine Shorts mit den nassen Flecken, „der war hinter einem Baum pinkeln und hat nichts mitgekriegt. Als er fertig war, ist er wieder zurückgekommen. Jetzt sitzt er hier.“

Abasse fragte ihn noch einmal: „Hast du meinen Freund hier mit Steinen beworfen?“

„Fick deine Mutter!“, kreischte der Marokkaner plötzlich zurück.

Abasse ohrfeigte ihn, die Tüte Zamal flog durch die Luft. Der Marokkaner kicherte weiter, das Blut floss ihm aus der Nase. Ich trat zwischen Abasse und den Marokkaner und sagte: „Komm, wir kümmern uns um das Camp.“

Das taten wir dann. Wir zertraten die Surfbretter, rissen die Zelte ab und warfen alles ins Feuer. Auch die Gitarre. Wie die Flammen sich in Zeltplanen, Surfbretter, Rucksäcke, Konservendosen und die Gitarre hineinfraßen, schaute der Marokkaner mit seiner blutenden Nase zu und kicherte vor sich hin. Vom Camp blieb am Ende nur noch der kichernde Marokkaner übrig – und der Klappstuhl, auf dem er saß.

Die Welle von Saint-Leu gehörte wieder uns.

6

In den vergangenen Tagen hatte es schwere Regenfälle gegeben, Erdmassen waren die Berge herunter- und ins Meer gespült worden. Das Wasser vor der Küste war von einem trüben Braun, Plastiktüten trieben darin herum, jemand meinte, er hätte tote Hühner in der Lagune der Hermitage gesehen; von toten Schafen und toten Kühen wurde auch erzählt – aber das war erfunden.

Am mittleren Strandabschnitt von Boucan Canot, direkt vor dem Hôtel Saint-Alexis, gibt es eine Welle, die die lange Distanz bis hinunter nach Ti Boucan bricht. Es ist eine rechte Welle, die sehr langsam bricht und nur am Ende einen Abschnitt hat, der schnell und steil ist, manchmal einen Hut wirft und ab und zu einen Tunnel. Die Welle verliert danach ihre Kraft und erstirbt im Süßwasser, das ihr aus dem Wasserkanal von Ti Boucan entgegenströmt. Hinter diesem Wasserkanal gibt es eine kleine, sehr steile Welle, die in sehr flachem Wasser bricht und ausschließlich von Bodyboardern genommen wird.

Am frühen Abend nahm ein Surfer – es war Hervé – die Welle vor dem Hôtel Saint-Alexis und ritt sie mit mehrfachen Wenden ab. Hervé war kein besonders guter Surfer – die wenigen Figuren, die er erlernt hatte, beherrschte er nicht wirklich, seine Wenden waren nicht schnell und kraftvoll, und immer waren sie begleitet von einem Ringen nach Gleichgewicht.

Hervé gelang es aber, bis zum schnellen Abschnitt der Welle zu kommen. Dort ging er in die Knie und zog den Kopf ein, denn tatsächlich warf die Welle einen Tunnel und bot so eine von ihm selten erlebte Fahrt durch den grünen Raum.

Im grünen Raum aber schleuderte die Welle zusammen mit den Wassermassen einen Bodyboarder heraus; der Bodyboarder stieß mit Hervé zusammen und warf ihn vom Brett. Hervé landete im Wasser und wurde tief hinunter in den dunklen und kalten Teil des Meeres gedrückt. Für einen Moment verlor er die Orientierung und wusste nicht, in welche Richtung er schwimmen musste, um an die Wasseroberfläche zu kommen. Ihm ging die Luft aus. Weitere Wassermassen drückten ihn auf den felsigen Boden. Hervé setzte die Füße auf, ging in die Hocke, stieß sich mit aller Kraft hinauf in das Licht, durchbrach die Wasseroberfläche und schnappte nach Luft. Inmitten eines weißen Schaumteppichs schaute er sich nach dem Bodyboarder um. Es musste ein Bodyboarder sein, der von der kleinen Welle jenseits des Wasserkanals gekommen war und sich jetzt hier versuchte … ein Anfänger, der die Etikette nicht kannte.

Es war die immer gleiche Geschichte mit den vom Festland kommenden Franzosen, die sich als Beamte vom Zoll, als Polizisten oder als Lehrer für das doppelte Gehalt nach La Réunion versetzen ließen und hier nichts weiter taten als Beachvolleyball zu spielen und das Surfen oder Bodyboarding zu erlernen. Sie lungerten in den transversalen Achsen der Buchten herum, rutschten von der Wellenschulter in das Wellental, zwangen einen aus der Gleitlinie, parkten außerdem ihre Autos auf den besten Parkplätzen – und drohten mit behördlichen Konsequenzen, wenn man ihnen das Auge blau schlug oder die Autoreifen aufschnitt.

Jetzt aber war Hervé von einem dieser Anfänger um die seltene Erfahrung gebracht worden, ganz durch den grünen Raum der Welle hindurchzugleiten, auf der anderen Seite herauszukommen und dann zusammen mit der ersterbenden Welle im Süßwasser des Kanals von Ti Boucan langsam und vollendet im Wasser zu versinken. Und weil Hervé von einem dieser Anfänger um dieses Glück gebracht worden war, würde er ihm zeigen, was man unter der Etikette des Surfens zu verstehen hatte. Hervé war dabei egal, ob das Konsequenzen nach sich ziehen würde.

Hervé schaute sich um und entdeckte den Bodyboarder gleich neben sich im Wasser. Hervé wartete gar nicht mehr ab, bis der Bodyboarder den Kopf aus dem Wasser gehoben hatte und sich zu entschuldigen versuchte, sondern schlug ihm mit der Faust auf den Hinterkopf und auf den Rücken, und weil der immer noch nicht den Kopf hob, ja, gar keine Reaktion zeigte, packte Hervé ihn an den Haaren, riss ihn aus dem Wasser und schlug ihm zweimal ins Gesicht. Dann merkte Hervé, dass der Bodyboarder tot war. Beide Arme und ein Bein waren abgerissen.

Als Hervé begriff, dass er sich mit einem verstümmelten Menschenrumpf schlug, übergab er sich im Wasser. Hervé zog sich panisch auf sein Brett, paddelte einige Meter, kam in eine kleinere Welle hinein und paddelte mit der Kraft der Welle bis zum Strand. Er rannte den Strand hinauf, übergab sich beim

Rennen noch einmal und brach dann zusammen. Wie man zu ihm hineilte, zeigte er auf das Meer und sagte: „Geht dort nicht hin, geht nicht ins Wasser, keiner!"

Bis Hervé erklären konnte, was geschehen war, war die verstümmelte Leiche an den Strand geschwemmt worden. Eine Ambulanz wurde gerufen. Die orange Fahne wurde eingezogen und eine rote Fahne gehisst.

Am nächsten Tag war alles im „Journal de l'Île" und im „Quotidien". Die erste tödliche Haiattacke seit zwei Jahren.

Bei der Attacke war einiges anders gewesen. Der Bodyboarder war nicht nur einmal, sondern er war mehrfach gebissen worden. Man versuchte, sich das damit zu erklären, dass er von mehreren Haien angegriffen worden war. Oder es war ein ganz besonders großer Hai gewesen.

Die Gerüchte über einen ganz besonders großen Hai hielten sich. Es gab Fischer, Taucher und Jetski-Fahrer, die ihn gesehen haben wollten – eine übergroße Flosse, eine Silhouette im Wasser, ein Gebissabdruck in einem gefangenen Bonito. Im Hafen von Saint-Gilles-les-Bains lagen zwei Doraden mit Verstümmelungen aus; es wurde behauptet, eben diese wären vom Hai gekommen.

Die Surflehrer begannen, sich in der Presse zu melden. Solche Haiattacken gäbe es sehr selten. Außerdem wäre der Bodyboarder leichtsinnig gewesen: Haie wären abends ganz besonders aktiv, sie suchten Wasserkanäle wegen der darin herumschwimmenden Fleischabfälle auf und konnten im trüben Wasser und bei bewölktem Himmel einen Fisch nicht von einem Bodyboarder unterscheiden. Das hätte der Bodyboarder wissen müssen. Wer einfache Grundregeln beachtete, würde nicht von einem Hai attackiert werden. Dann forderten die Surflehrer die Eltern auf, ihre Kinder wieder in die Surfschulen zu schicken. Aber auf die Frage, weshalb das Opfer mehrfach gebissen worden war, wussten sie keine Antwort.

In der Woche nach der Haiattacke fingen Fischer einen fast zwei Meter langen Hai und präsentierten ihn auf der ersten Seite des „Quotidien". Die Fischer sagten, den Hai im Wasserkanal der Hermitage gefangen zu haben.

Der Hai wurde aufgemacht; ein Arm oder ein Bein, menschliche Knochen, eine Armbanduhr, menschliche Zähne oder ein Stück vom Bodyboard wurden nicht gefunden.

Die Fischer wurden von der Polizei festgenommen und verhört. Ob sie wüssten, dass es sich bei diesem Hai um eine geschützte Art handelte? Ob sie wüssten, dass der Wasserkanal der Hermitage ein Naturschutzgebiet wäre, in dem man nicht fischen durfte?

Der „Quotidien" machte daraus einen Fall der Fischer gegen den Staat.

Die Fischer wollten die Bevölkerung von La Réunion gegen einen Angreifer schützen, der Staat aber wollte dies nicht tun. Der Staat hätte weder Hai-Netze aufgespannt noch Bojen ausgesetzt, die Ultraschalltöne aussendeten und Haie von den Stränden fernhielten. Stattdessen verschwendete der Staat Steuergelder darauf, Fischer zu verhören – und dabei Fragen zu stellen, die die Fischer in ihrer Ehrlichkeit längst beantwortet hätten, es hätte ja alles im „Quotidien" gestanden.

Wieder meldeten sich die Surflehrer zu Wort. Sie behaupteten, der Staat hätte die jetzt herrschende Angst, diese die Wirtschaft von La Réunion zerstörende Psychose, geschürt. Die Surfschulen müssten zumachen, Leute müssten entlassen werden, Arbeitsplätze gingen verloren. Wie könne das Leben eines Haies über dem eines Menschen stehen? Zum Leben eines Menschen gehöre ja auch ein Arbeitsplatz.

Der Bodyboarder wurde eingeäschert und nach Paris versandt, von wo er gekommen war. Auf La Réunion veranstaltete der „Quotidien" eine Gedenkzeremonie; dafür traf man sich am Wasserkanal von Ti Boucan und warf Blumen hinaus auf die Stelle im Meer, an der Hervé mit der verstümmelten Leiche zusammengestoßen war. Ein Fotograf machte Fotos. Die auf dem Wasser schwimmenden Blumen sahen aus wie ins Meer gekippte Salatreste; die Leute, die die Blumen mit gespielter Wehleidigkeit ins Wasser geworfen hatten, kannten den Bodyboarder gar nicht. Der „Quotidien" aber hatte eine Geschichte, die die Haiattacke abrundete.

In den nächsten Wochen gingen nur sehr wenige Surfer ins Wasser; die Gerüchte über einen ganz besonders großen Hai lösten mehr Angst aus, als es das immer aggressiver werdende Verhalten von Abasse tat.

Zwar hatten wir die Marokkaner verjagt, aber unser Recht auf die Welle von Saint-Leu mussten wir häufig verteidigen. Abasse tat sich dabei immer ganz besonders hervor.

Das Recht auf die Welle von Saint-Leu erklärten wir uns nicht nur damit, dass wir die Marokkaner verjagt hatten, sondern auch damit, dass man uns ansah, dass wir diejenigen waren, die in Saint-Leu surften, so, wie man es anderen ansah, dass sie in Trois Bassins, Roches Noires, Boucan Canot oder Les Aigrettes surften. In jeder Bucht ist die Kraft des Meers anders; entweder sind es weite Wege, die gepaddelt werden müssen, oder eben kurze Wege. Entweder sind es Strömungen, die einen genau dorthin tragen, wo die Welle zu brechen beginnt, oder man muss sich hindurchkämpfen. Entweder bricht die Welle nur einmal und das dann weit draußen, oder sie bricht beim Hereinkommen in die Bucht mehrfach und zwingt einen, immer wieder unter ihr durchzutauchen. So prägten sich die Schultern stärker aus oder die Arme, die Brust- oder Bauchmuskulatur. In jeder Bucht sind die Surfer anders gebaut, und wir – wir waren gebaut für die Bucht von Saint-Leu. Wir waren das Ergebnis der Kräfte von Saint-Leu – auch daraus ergab sich unser Recht auf die Welle.

Weil wir ein Recht auf die Welle hatten, waren wir diejenigen, die die Regeln machten. Nur wir durften bis zum Spot paddeln, an dem sich die Welle zu brechen begann; nur wir durften die Welle dort nehmen und bis ganz in den Norden der Bucht surfen; nur wir hatten das Recht, die Welle in ihrer Gesamtheit abzusurfen – wir hatten Vorrecht in allen Situationen, in denen sich das Vorrecht als Frage stellte.

Aber nicht jeder kannte unsere Regeln.

Ein Surfer kam zu uns hinausgepaddelt, es war ein Tourist auf einem gerade gekauften Longboard, der uns erzählte, dass er immer schon surfen wollte und sich das Geld für den Flug nach La Réunion vom Mund abgespart hatte. Zwölf Stunden hatte der Flug von Paris gedauert, vom langen Sitzen hätte er immer noch ganz geschwollene Füße, seine Mutter hatte ihm Anti-Thrombose-Socken mitgegeben, aber er war so dusselig und hatte vergessen, sie anzuziehen. Außerdem sagte er: „Ich bin Koch."

„Geh zurück zu den anderen", unterbrach ihn Abasse, „geh am besten zurück an den Strand."

„Ich nehm' ein paar Wellen, dann fall' ich euch nicht weiter auf die Nerven."

„Du nimmst keine Welle."

„Eine muss ich ja doch nehmen, ich will ja nicht den ganzen Weg zurückpaddeln."

„Das willst du doch."

„Was? Was will ich doch?"

„Den ganzen Weg zurückpaddeln."

„Nein."

„Doch."

„Nein."

„Ganz sicher willst du das."

Die nächste Gruppe von überkopfhohen Wellen kam. Der Surfer paddelte auf seinem Longboard los und war darauf und dran, eine Welle zu nehmen.

„Hast du mich nicht verstanden?", rief ihm Abasse hinterher, „Ich hab' dir doch gesagt, du nimmst keine Welle."

„Ich bin gleich weg."

„Ich hab' dir gesagt, du nimmst keine Welle, dann nimmst du auch keine."

Aber der Surfer paddelte weiter zu dem Punkt, an dem er die Welle nehmen konnte. Abasse paddelte selbst los, holte den

Surfer ein, umgriff sein Bein und hielt ihn fest. „Das ist unsere Welle, du hast hier nichts zu suchen."

Als Abasse den Surfer am Bein festhielt, wirbelte der überraschend schnell herum und trat Abasse mit voller Wucht ins Gesicht. Dann paddelte der Surfer weiter, sprang aufs Brett und stand in der Welle. Auch Abasse paddelte weiter, sprang aufs Brett und surfte hinter ihm her. Der Surfer glitt die Welle hinauf und wendete, Abasse glitt ebenfalls hinauf und wendete, der Surfer wendete wieder, auch Abasse wendete, jedes Mal kamen sie nah aneinander heran und versuchten, aufeinander einzuschlagen; dann schossen sie durch den grünen Raum hindurch; sie kamen ins flache Wasser und wurden langsamer. Abasse glitt zum Surfer hinüber, sprang auf ihn drauf und nahm ihn in einen Würgegriff. Der Surfer versuchte sich mit Ellenbogenstößen zu wehren, aber Abasse zog den Würgegriff fester und tauchte den Surfer unter Wasser. Er tauchte ihn eine lange Minute unter Wasser und dann noch etwas länger, so lange, bis der Surfer die letzte Luftblase abgegeben hatte und ganz schwach geworden war. Abasse ließ ihn hochkommen, der Surfer keuchte und hustete, Abasse drückte ihn wieder unter Wasser. Der Surfer war so schwach, dass er sich nicht mehr wehren konnte. Irgendwann löste Abasse den Würgegriff und half dem Surfer, sich im Wasser hinzustellen. „Das ist unsere Welle", sagte Abasse sehr ruhig, „verschwinde von hier." Der Surfer schwankte und stolperte zum Strand, sein Brett sprang wie ein an der Leine geführtes Hündchen hinter ihm her.

Ich hatte dem Kampf zugeschaut und dabei gespürt, dass ich mich für eine dunkle Seite zu faszinieren begann. Dagegen versuchte ich mich zu wehren. Ich sagte zu Abasse, er hätte diesen Surfer fast umgebracht, für so etwas könnte er im Gefängnis landen; wir hätten uns doch abgestimmt, wer was tat, wenn wir uns einen Surfer vornahmen, wer das Brett wegschlug, wer an der Fußleine zog, wer den Surfer unter Wasser tauchte und so weiter. Warum wollte Abasse das alleine tun – und dabei so weit gehen?

„Du verstehst das nicht“, sagte er, „hier herrscht viel zu viel Gier, viel zu viel Neid, hier passt niemand hin, der gut sein will.“

In den darauffolgenden Wochen verstärkte Abasse die Spitze seines Bretts mit Glasfiber und feilte sie scharf. Er schoss das Brett auf diejenigen ab, die ihm in die Gleitlinie rutschten. Er schlug Zähne aus, die er aus dem eigenen Handrücken herausziehen musste. Er riss Haarbüschel aus. Er warf jemanden mit dem Kopf zuerst in einen Wertglascontainer. Er nahm jemandem die Sonnenbrille von der Nase, ließ sie in den Sand fallen und zertrat sie. Er nahm einen Stein und kratzte die Worte „Parken verboten“ auf ein in Saint-Leu abgestelltes Auto.

Es gab immer weniger Surfer, die nach Saint-Leu kamen. Man hatte Angst vor Abasse, man hatte Angst vor der Gruppe, die Abasse anführte. Zu dieser Gruppe gehörte auch ich. Man räumte Tische im Club Nautique, wenn wir dort ankamen.

Aber die Angst, die Abasse erzeugte, und die überall in Saint-Leu gefühlt wurde, war nicht zu vergleichen mit der viel größeren Angst, die diese Haiattacke ausgelöst hatte.

Fast niemand mehr ging ins Wasser. Für uns bedeutete das, dass wir die Welle mit keinem teilen mussten. Ich hatte auf einmal sehr viel Zeit, mich in die Kraft des Meers hineinzufühlen und daraus schnellere Wenden und höhere Sprünge zu machen.

Auch in Saint-Leu hatte es Haiattacken gegeben. Die letzte tödliche war aber viele Jahre her. Den Fischern wurde verboten, ihren Fang in der Bucht zu putzen und die Innereien über Bord zu werfen. Seitdem hatte es keine Attacken mehr gegeben. Vor dem ganz besonders großen Hai, von dem alle sprachen, hatte ich keine Angst.

An einem Tag blieb ich sehr lange im Wasser. Die Sonne war untergegangen, es wurde dunkel, das Meer wurde schwarz – ich wollte noch eine Welle nehmen und noch eine. Ich hätte zu dieser Zeit das Wasser längst verlassen müssen, aber die Wellen wurden immer größer und boten immer bessere Flächen. Eine einzige Welle wollte ich noch nehmen; aber dann nahm ich noch eine und noch eine. Mit den größer werdenden Wellen wurde die Strömung stärker – ich ritt auf einer weit bis in den Norden der Bucht, ließ mich in den Strömungskanal fallen und trieb sofort wieder weit bis in den Süden zur nächsten zurück. Das Meer erfüllte mir meine Wünsche, es diente mir.

Die Wellen wurden größer und größer; eine von ihnen baute sich auf und warf ihre Lippe aus. Ich tauchte unter ihr durch. Die Lippe fiel herab und schlug mir in die Kniekehlen. Ich glaubte, von der Stoßstange eines Autos erfasst worden zu sein. Ich tauchte hinter der Welle wieder auf und konnte die auf mich eingeschlagene Gewalt nicht begreifen. Die Wellen waren für mich viel zu groß geworden, ich musste so schnell wie möglich aus dem Wasser kommen.

Die nächste begann, mich hochzuheben; ich tauchte rasch unter ihr durch und entkam dem Sog, der mich hoch in die Lippe katapultiert und dort ausgeworfen hätte. Auch unter der nächsten Welle tauchte ich durch. Das Meer war für einen Moment ruhig. Ich war sehr weit hinausgetrieben.

Es gibt Fische, die mit dem Einfall der Dunkelheit von einem Ort zu einem anderen wandern, die Nacht an diesem anderen Ort verbringen und mit dem Beginn des Tageslichts wieder dorthin wandern, wo sie sich tagsüber aufhalten. Solche Fischwanderungen ziehen größere Fische an, die sich von den Wandernden ernähren und sie durch das Meer jagen. Jetzt, da die Dunkelheit gekommen war, sprangen die Schwärme um mich herum aus dem Wasser, es waren hunderte Fische, die aus dem Wasser schnellten, eintauchten, wieder herausschnellten – und auf der Flucht waren. Einer dieser Fischschwärme sprang direkt vor mir aus dem Wasser und flog mir mit den harten Schnauzen ins Gesicht; zwei der von meinem Gesicht abgeprallten Fische sprangen noch ein wenig auf meinem Surfbrett herum, bevor sie wieder im Wasser verschwanden. Es waren schwarze, schwere Tiere, und ich fragte mich, um wie viel größer der Fisch war, der sie jagte.

Mir kam der Gedanke an den Hai, über den alle sprachen. Plötzlich schrie ich um Hilfe, ich schrie noch einmal um Hilfe, ich schrie: „Hilfe, Hilfe!“, und noch einmal: „Hilfe!“ Meine Schreie verhallten irgendwo auf dem Meer, von dem ich bis eben noch geglaubt hatte, es diente mir.

Die nächsten Wellen kamen, mächtige, schwarze Buckel, die in die Bucht von Saint-Leu rasten. Ich wollte nicht noch weiter hinaustreiben und paddelte mit den Wellen zurück; jede Welle schob mich ein kleines bisschen weiter in die Bucht hinein. Je länger ich paddelte, desto stärker und weiter schoben mich die Wellen, bald schon machte ich mit jeder einen Satz von zehn oder fünfzehn Metern. Sie bauten sich zu ihrer vollen Größe auf und begannen zu brechen. Wenn ich von einer Welle erfasst und rasch hinaufgehoben wurde auf einen hohen Kamm, um dann genauso rasch wieder herabgesenkt zu werden, begann ich die in ihr steckende Kraft zu fürchten. Ich wollte wieder hinauspaddeln, auf offenem Meer zwischen umherflüchtenden Fischschwärmen um Hilfe schreien und mich in der Nacht verlieren, statt mich in eine dieser Wellen zu stürzen und darauf zu hoffen, sie trüge mich heil über das Riff und an den Strand.

Aber ich nahm eine Welle.

Mir gelang es nicht, auf der senkrechten Wasserwand aufs Brett zu springen oder die Wasserwand mit dem Brett unter dem Bauch herabzugleiten; stattdessen geriet ich in den Sog der Welle, wurde hinaufgeschleudert und ausgeworfen, geriet erneut in den Sog und wurde wieder hinaufgeschleudert und ausgeworfen. Die Finnen meines Brettes schlugen sich mir in den Rücken. Noch einmal wurde ich von der Welle erfasst. Dieses Mal tauchte ich tief hinein in die kühleren Wasserschichten und entkam dort unten den Kräften der Welle. Sofort hörte das Reißen und Zerren der Leine an meinem Fußgelenk auf, die Welle hatte auch von meinem Brett gelassen. Ich öffnete die Augen, orientierte mich und schwamm zur Wasseroberfläche.

Ich war ihr direkt vor dem Riff entkommen.

Die nächste Welle begann mich zu erfassen und hochzuheben, sie würde mich direkt aufs Riff werfen. Ich paddelte an, sprang aufs Brett, glitt die Gesichtsfläche der Welle herab, machte eine Wende, schoss zum Kamm hinauf – und bekam sofort wieder dieses Gefühl der Sicherheit und Kontrolle zurück. Für einen Moment glaubte ich, das Meer würde mir wieder dienen. Als ich aber vom Kamm hinunter zum Fuß der Welle schoss und immer schneller wurde, sah ich, wie die Brettspitze erst Wasserperlen warf und dann im Wasser verschwand.

Ich flog nach vorne und schlug mit dem Bauch auf dem Wasser auf. Die Welle erfasste mich und wirbelte mich herum, ich bekam mein Brett ins Gesicht, ich schlug mit dem Kopf auf dem Meeresboden auf, ich trat mit dem Fuß in einen Seeigel, ich schlug mit der Schulter gegen etwas Hartes – meine Leine verfing sich zwischen den Korallen und hielt mich unter Wasser. Ich versuchte, an die Wasseroberfläche zu kommen, aber ich wurde von der Leine an meinem Fußgelenk zurückgehalten. Ich machte wildere und wildere Bewegungen unter Wasser; und wie ich das tat, stieß ich mit dem Fuß gegen ein Korallengewächs und brach daran etwas ab. Die Leine löste sich, ich kam an die Wasseroberfläche und gierte nach Luft. Aber ich konnte nicht einatmen, etwas in meiner Brust war zerrissen. Die nächste Welle kam, ich musste untertauchen, ich hatte keine Luft mehr in den Lungen. Hinter der Welle tauchte ich wieder auf, ich wollte atmen, ich konnte es nicht, ich spürte

Stiche im Kopf, sah bunte Punkte, ich begann, das Bewusstsein zu verlieren und nahm nur noch ungefähr wahr, dass ein Fischerboot auf mich zukam – ein Fischer beugte sich über die Bordwand und zielte mit einer Harpune auf mich.

Am Abend wachte ich im Krankenhaus in Bellepierre auf und erfuhr von der Krankenschwester, dass ich mir zwei Rippen gebrochen hatte. Am nächsten Tag besuchte mich ein junger Arzt auf quietschenden Gummisohlen, hielt großformatige Röntgenaufnahmen gegen das Fenster und sagte mir mit dem hölzernen Akzent eines Deutschen, die gebrochenen Rippen seien nicht nach innen gedrückt worden, eine Punktierung der Lunge könne man ausschließen, die Rippen würden wieder zusammenwachsen, ich könnte heute entlassen werden.

„Wann kann ich wieder surfen?", fragte ich ihn.

„Haben Sie es eilig?"

„Es ist das Einzige, was ich habe."

„Dann tun Sie mir leid," sagte der Arzt, lachte, klopfte mir auf die Schulter und wollte den Raum verlassen.

„Da war ein Fischer mit einer Harpune", sagte ich zu ihm.

Der Arzt drehte sich auf seinen quietschenden Gummisohlen um und fragte: „Ja, und?"

„Hat der auf mich geschossen?"

„Sie sollten andere Surfer auf die Welle lassen, dann wird Ihnen schneller geholfen."

Ich fühlte die Rippen ab und spürte spitze, falsch liegende Knochenteile, die die Haut etwas beulten; eine Ausbeulung, über die ich immer wieder hinüberfühlen musste, um sie anzunehmen als etwas von mir.

In den nächsten Tagen versuchte ich, mich auf mein Brett zu legen, die Schmerzen aber waren zu groß. Ich würde für eine lange Zeit nicht surfen können. Ich fuhr nach Saint-Leu, setzte mich dort in den Club Nautique, schaute auf die Welle, schaute auf die Surfer, verfolgte ihre Figuren, versuchte, mich in die Surfer hineinzuversetzen – und konnte mich immer weniger damit abfinden, dass ich nicht selbst auf der Welle war.

Das bloße Vergehen der Zeit – Zeit als solches – wurde anstrengend; nur, wenn ich schlief, fühlte ich mich erlöst – aber ich war nicht müde und schlief nur wenig. Mir ging der Sinn für die üblichen Aktivitäten des Tages verloren, für das Aufstehen, das Waschen, das Aufräumen, das Ausgehen, das Essen, das Zubettgehen – und damit gingen mir die letzten Halterungen verloren, an denen ich mein Leben hätte festmachen können.

Ich bekam Heulkrämpfe. Meine Traurigkeit lähmte mich, sie nahm mir die Kraft, mich gegen meine eigenen Vorstellungen zu stemmen. Ich glaubte, nie wieder surfen zu können. Das aber bedeutete für mich, nicht mehr zu wissen, wer ich war, und nicht mehr das tun zu können, was mir darauf eine Antwort geben konnte. Ich begann zu verstehen, wie sich Pierre-Yves in Paris gefühlt haben musste. Aber ich verstand, dass ich etwas tun musste, das mir aus meiner eigenen Aussichtslosigkeit heraushalf. Ich erinnerte mich an die Kunstlehrerin.

Es gibt diese Frage danach, was schön ist, was Schönheit bedeutet. Darüber dachte ich nach. Vielleicht war Schönheit für mich das, was mich wieder aufrichten könnte. Vielleicht sollte ich mich mit meinem Fotoapparat auf die Suche nach Motiven machen, die mich wieder aufrichteten. Vielleicht könnte ich die Zeit, die ich brauchte, bis meine Rippen verheilt waren und ich vielleicht doch irgendwie wieder zum Surfen zurückfinden konnte, dazu nutzen, zu fotografieren.

Ich kaufte mir einige Filmrollen im Score von Saint-Paul und begann, mich auf die Suche nach Motiven zu begeben.

Ich fotografierte einen Jogger in einem Hohlweg, der in einen Schwarm Fledermäuse geriet.

Ich fotografierte einen Kreolen, der mit einem Lederhut auf dem Kopf und einer Panga zwischen den Zähnen die Palmenstämme hinaufkletterte, um die Palmenkronen zu putzen und die Kokosnüsse herunter zu holen.

Ich fotografierte einen schwarzafrikanischen Pizzabäcker, der seiner Arbeit mit nacktem Oberkörper nachging – seine in Mehl getauchten Hände vermittelten den Eindruck, er trüge weiße Handschuhe.

Ich fotografierte das Strandleben in den Filaoswäldern der Hermitage mit diesen vielen bunten, zwischen den Filaosbäumen gespannten Hängematten. Menschen mit Panamahut und Sonnenbrille lagen in den Hängematten und lasen ein Buch, Liebespärchen vergnügten sich in den Hängematten, Mütter liefen ihren Kindern zwischen den Hängematten hinterher und gaben ihnen einen Klaps.

Ich fotografierte Wolken, die an Berge stießen und während des Abregnens einen schnell durch das Tal wandernden Regenbogen erzeugten.

Ich fotografierte kreolische Häuser, moosüberwachsene Tamarindenbäume, komplizierte Blütenkelche von Orchideen – und die nach dem Regen rot aufblühenden Flamboyant-Bäume.

Die Bilder bauten mich etwas auf, aber sie hatten nichts Immerwährendes: Sie hielten mich nicht für immer fest, und sie ließen mich nicht für immer zu ihnen zurückkehren. Auch fand ich in ihnen nichts, das mir eine Idee gab, wovon ich mich irgendwann einmal hätte ernähren können.

7

Mit über einer Stunde Verspätung begann die World Champion Tour an einem Samstagmorgen um neun Uhr dreißig. Die Banner von *Quiksilver*, *Billabong*, *Coca-Cola*, *Gillette*, *Danone* und all den anderen Sponsoren spannten sich zwischen Palmen, hingen von Hausbalkonen herab und bedeckten ganze Dächer. Die Tribünen für über tausend Zuschauer füllten sich, und auch das Treiben am Strand wurde immer dichter. Auf der Route Nationale staute es sich südlich und nördlich von Saint-Leu; so ziemlich alle wollten zu diesem Ereignis kommen und die Weltmeister des Surfens sehen.

Aber die Weltmeister des Surfens waren im VIP-Bereich sehr gut abgeschottet – sie verbargen sich hinter einer hohen Bretterwand, auf der eine Spirale Stacheldraht verlief. Ich konnte nur die zwei Profis sehen, die hinausgepaddelt waren und auf der Welle von Saint-Leu Punkte sammelten.

An diesem Morgen war die Welle sehr schnell und hoch, sie erlaubte ein rasantes Surfen über eine Distanz von fast einem Kilometer – eine epische Winterwelle, wie sie im August in die Bucht von Saint-Leu kam.

Einer der Profis sprang auf sein Brett, machte einen kraftvollen Bottom-turn, einen Top-turn, einen Cut-back zurück in den brechenden Teil der Welle, dort weit hinein in die Tasche, um mit einem Slash wieder heraus zu kommen, wieder Bottom-turn, Top-turn, Hot-dogging von der Tasche weg, Roundhouse – rein in die Welle, die eine wuchtige Lippe auswarf, Lip-turn, Bottom-turn, Floater, Vertical reentry ins Weißwasser, Bottom-turn, Top-turn und der Tube-ride durch den weit ausgeworfenen grünen Raum.

Bei der schnellen Abfolge der Figuren hatte ich vergessen, meinen Fotoapparat hochzunehmen und Fotos zu machen. Da für den späten Vormittag ein Abschwächen der Strömung vorhergesagt wurde, die Welle von Saint-Leu sich nicht mehr so hoch aufbauen, dann auch langsamer werden und den Profis nicht mehr die Geschwindigkeit geben würde, die sie für ihre Figuren brauchten, würde ich für die besten Fotos nur wenig Zeit haben.

Ich suchte das Wasser nach dem anderen Profi ab und wollte meinen Fotoapparat auch schon hochnehmen, als ich einige andere Surfer im Wasser sah. Ich glaubte, das seien Touristen, die nicht mitbekommen hatten, dass hier eine Weltmeisterschaft abgehalten wurde und die Bucht von Saint-Leu gesperrt war, aber diese Surfer trugen Perücken aus gelbem und grünem Haar, hatten sich Clownsmasken ins Gesicht geschminkt und blau und rot geringelte Strampelanzüge übergezogen. Ich konnte insgesamt vier von diesen surfenden Clowns ausmachen.

Der Profi sprang auf sein Brett und schnellte so rasch über die Welle, dass ich Schwierigkeiten hatte, ihn mit dem Fotoapparat einzufangen; immer wieder glitt er aus dem Sucher heraus – ich musste seine Wenden vorhersagen, um ein Foto von ihm zu machen. Als mir das gelang, war etwas Störendes in das Bild gekommen. Ich nahm den Fotoapparat herunter, schaute aufs Meer und sah, dass nicht nur der Profi in der Welle surfte, sondern auch einer der Clowns. Der Clown kreuzte den Profi, griff nach seinem Nylonhemd und versuchte, ihn vom Brett zu reißen. Der Profi schlug auf den Clown ein, der Clown schlug auf den Profi ein. Dann warf die Welle von Saint-Leu eine schwere Lippe aus, die mit voller Wucht auf den Clown und den Profi fiel und sie unter Wasser drückte.

In La Réunion hat es in den vielen Jahren mehrere Surfer gegeben, die leblos an den Strand geschwemmt wurden und angesichts ihrer körperlichen Unversehrtheit ein Rätsel aufgaben. Wer eine Erklärung für ihren Tod zu bekommen versuchte, dem wurde gesagt, hinaus aufs Meer und auf die hohen Wellen zu schauen; die Kraft der Wellen bündelte sich in den Lippen, welche einen Surfer so schwer am Kopf treffen konnten, dass er sein Bewusstsein verlor, vom Brett gestoßen und tief hinunter ins Wasser gedrückt wurde … eine Minute oder zwei, die der Surfer ohne Bewusstsein war, unter Wasser, ohne den Willen zu überleben. Die Lippe nimmt dem Surfer das Bewusstsein, die Zeit unter Wasser nimmt ihm das Leben – unverletzt wird er an den Strand gespült, und für alle, die ihn finden, ist das Meer noch unheimlicher geworden.

Für einen Moment hatten viele der Zuschauer solche Befürchtungen, denn weder der Clown noch der Profi tauchten wieder auf. Als sie dann aber doch an die Wasseroberfläche kamen, schwammen sie sofort aufeinander zu und schlugen mit den Fäusten aufeinander ein; beide schlugen sie, es gab keinen Stärkeren oder Schwächeren. Wieder brach eine Welle über ihnen ein und drückte sie unter Wasser. Der Clown tauchte woanders wieder auf; der Profi nahm die nächste Welle und surfte um das Riff herum bis zum Strand. Mehrfach wischte er sich das Blut aus dem Gesicht.

Der Clown blieb zurück. Jetzt erkannte ich ihn, der Clown, das war Abasse. Abasse rückte die gelbe Perücke zurecht, schob sich aufs Brett und paddelte zu den anderen Clowns. Auch sie erkannte ich: Es waren Guy, Simon und Jean-Louis.

Bereits Anfang Juli war die Welle von Saint-Leu von den World Qualifying Series blockiert worden. Zwei Wochen der schönsten Winterwellen. Gleich im Anschluss wurde sie für die European Professional Surfing Association gesperrt. Dann für die Longboard-Meisterschaften, dann für die Bodyboarder, dann für einen Wettkampf für Nachwuchstalente – und jetzt für die World Champion Tour. Die Welle von Saint-Leu war für den gesamten Juli und August gesperrt.

Wer eine Erklärung dafür suchte, dass es plötzlich so viele internationale Surfveranstaltungen in La Réunion gab, fand sie mit den Kreuzfahrtschiffen, die die Insel aufgrund von einigen bedauerlichen Missverständnissen nicht mehr anfuhren.

Im vergangenen Jahr war ein großes Kreuzfahrtschiff in Le Port eingelaufen und plante einen eintägigen Landgang für seine über dreitausend Passagiere. Die Geschäfte in Saint-Denis und Saint-Paul hatten ihre Warenläger aufgestockt und hofften auf einen guten Umsatz mit kaufkräftigen Rentnern aus Europa. Das Kreuzfahrtschiff legte an, die Landungsbrücken wurden ausgefahren, die Passagiere begannen, von Bord zu kommen und zu den bereit gestellten Bussen zu gehen. Die Busse waren von der Kreuzfahrtgesellschaft gechartert, alles war sehr gut organisiert. Aber nicht nur die Geschäfte in Saint-Denis und Saint-Paul erhofften sich einen guten Umsatz, sondern auch die Taxifahrer.

So ziemlich alle Taxifahrer von La Réunion waren nach Le Port gekommen. Als die Passagiere aber nicht zu den Taxis gingen, sondern vom freundlichen Personal der Kreuzfahrtgesellschaft zu den Bussen geführt wurden, sahen sich die Taxifahrer eines Geschäfts beraubt, das sie sich nicht nur erhofft hatten, sondern auf das sie als Taxifahrer meinten ein legitimes Recht zu haben. Die Taxifahrer stiegen aus ihren Taxis aus und beschwerten sich beim freundlichen Personal der Kreuzfahrtgesellschaft darüber, dass man ein solches Geschäft nicht so einfach am gesamten Taxigewerbe von La Réunion vorbeischleusen könnte. Das freundliche Personal der Kreuzfahrtgesellschaft blieb genauso freundlich wie unnachgiebig; es führte die Passagiere weiter zu den gecharterten Bussen.

Der erste Bus war bereits voll, der Busfahrer machte den Motor an und wollte losfahren. Aber die Taxifahrer nahmen nicht hin, dass ihnen ihr Geschäft entging; mit den Autos blockierten sie die Ausfahrt des Hafens und ließen keinen einzigen Bus durch. Dann wurde lange darüber gestritten, wer das Recht darauf hatte, die Passagiere des Kreuzfahrtschiffs auf der Insel herumzufahren.

Da man sich nicht einigen konnte, bat das Personal der Kreuzfahrtgesellschaft alle Passagiere, wieder auf das Schiff zu gehen, man würde in einer Stunde ablegen und – zum Ausgleich – in Mauritius einen längeren Landgang ermöglichen.

Das Kreuzfahrtschiff legte wirklich eine Stunde später ab und verschwand am Horizont. Die Taxifahrer fingen an, sich mit den Busfahrern anzulegen – es kam zu Ausschreitungen, die Gendarmerie musste eingreifen. Da die Geschäfte in Saint-Denis und Saint-Paul auf ihren hohen Warenlagern sitzenblieben und der wirtschaftliche Schaden für La Réunion insgesamt als unermesslich betrachtet wurde, kam es zu einem politischen Nachspiel – es wurden Veränderungen in der Zusammensetzung des Conseil Général von La Réunion vorgenommen, neue Kommunalsekretäre füllten die Zeitungen mit ihren Visionen, die sich ganz besonders auf eine Wiederbelebung des Tourismus richteten.

Darin sah der Vater von Pierre-Yves eine Gelegenheit, Pierre-Yves eine Zukunft zu sichern. Pierre-Yves bekam eine Festanstellung in einem administrativen Arm des Conseil Général; er wurde über Nacht verbeamtet und damit betraut, den Surftourismus von La Réunion zu fördern, eine Aufgabe, der sich Pierre-Yves mit ganzem Herzen verschrieb. Und so war Pierre-Yves derjenige gewesen, der die World Qualifying Series, die World Champion Tour, die European Professional Surfing Association und all die anderen Wettkämpfe nach La Réunion geholt und die Welle von Saint-Leu für zwei Monate gesperrt hatte.

Anfangs hatte er noch genügend Fingerspitzengefühl gehabt; er hatte versucht, sich mit Abasse abzustimmen.

Abasse verbrachte viele Nächte bei Valérie, bekam dort besseres Essen und – so sagte er es selbst – schrubbte ihr im Gegenzug den Schornstein. Auch hatte Valérie ihm einen neuen Schneidezahn bezahlt, so dass er nicht mehr mit diesem abgebrochenen Zacken herumlaufen musste. Gleichzeitig fing Valérie aber an, ihm zu sagen, was er zu tun und zu lassen hatte – und verlangte sogar, er solle sich diesen Gerry-Lopez-Schnurrbart abrasieren. Das Verhältnis zwischen den beiden war also nicht ganz problemlos; so kam Abasse immer mal wieder zu Pierre-Yves in den Chemin de Surprise, nahm sich ein paar Zamal-Blätter von der Wäscheleine, schaute im Kühlschrank nach einer Flasche „Dodo" und schlief in seinem abgewetzten Schlafsack. Dabei verhandelte Pierre-Yves die für das Austragen der Wettkämpfe nötigen Zugeständnisse. Im Nachhinein aber herrschte keine Einigkeit darüber, welche Zugeständnisse Abasse gemacht hatte.

„Die World Qualifying Series und die European Professional Surfing Association konnten stattfinden, das war gebongt", sagte Abasse in einem Interview mit dem „Journal de l'Île", „aber ich habe denen gesteckt, dass wir während der Waiting Period ins Wasser wollen."

„Das stimmt so nicht", entgegnete Pierre-Yves in einem weiteren Interview, das das „Journal de l'Île" einen Tag später druckte, „Abasse war damit einverstanden, die Welle für alle Wettkämpfe zu sperren. Die Wettkämpfe brachten Arbeit nach La Réunion; davon profitierten Abasse und alle anderen, die ein Recht auf die Welle von Saint-Leu hatten: Sie bekamen Aufgaben zugeteilt und ein Gehalt ausbezahlt."

„Wir sollten den Müll wegbringen. Total idiotisch. Wir sind keine Müllmänner."

„Wir haben Abasse und den anderen angeboten, den VIP-Bereich für die Profis der World Champion Tour aufzubauen."

„Wir haben drei Tage Bretterwände genagelt. Wir haben uns den Arsch aufgerissen. Und dann haben wir nicht mal Karten für den VIP-Bereich bekommen."

„Abasse und die anderen waren keine VIPs."

„Wir haben den VIP-Bereich aufgebaut."

„Wenn man der Logik folgt, ist jeder Bauarbeiter ein VIP." Pierre-Yves war wieder so arrogant wie früher.

Aber auch die Profis leisteten ihren Beitrag dazu, dass überhaupt keine Wettkämpfe mehr auf der Welle von Saint-Leu stattfanden. Im gesamten Westen wurde darüber geredet, dass sich die Profis in den Hotels völlig unmöglich aufführten; sie sprangen von den Zimmerbalkonen im dritten und vierten Stock in den Hotelpool und veranstalteten Schaumschlachten mit den Feuerlöschern. Außerdem zerlegten sie die geliehenen Renault Twingos bei Rennen auf der Route Nationale. Für Abasse war es sehr schwer, solchen Leuten das Recht einzuräumen, auf der Welle von Saint-Leu zu surfen.

Das Gerechtigkeitsempfinden von Abasse wurde aber um ein Vielfaches strapaziert, als er erfuhr, dass während der Wettkämpfe keine Boote aus dem Hafen von Saint-Leu auslaufen durften. Dafür hatte Abasse nämlich immer gekämpft – und jetzt endlich wurde das durchgesetzt, aber nur für den Wettkampf und nur für die Profis.

Abasse hatte mir einmal erzählt, wie er auf dem glatten Gesicht einer Welle surfte und aus diesem plötzlich eine Stufe hervorschaute, über die Abasse springen musste. Dann schaute eine weitere Stufe hervor, und bei der verlor Abasse das Gleichgewicht, stürzte, landete in den Korallen, schnitt sich die Haut auf, verlor eine halbe Augenbraue und so weiter. Als er wieder auftauchte und sich fragte, wie die Stufen in die Welle gekommen waren, sah er ein Boot, das aus dem Hafen auslief, mit aufgedrehtem Motor eine Schneise ins Wasser quirlte und die Wellen kaputtmachte.

Immer wieder hatte Abasse darauf bestanden, dass der Hafen von Saint-Leu verlegt werden müsste, oder dass es feste Zeitfenster geben müsste, innerhalb derer der Bootsverkehr zugelassen war. Solche Zeitfenster gäbe es ja auch für Flughäfen. Aber Abasse war mit solchen Vorschlägen auf taube Ohren gestoßen.

Doch dass Abasse und die anderen auch während der Waiting Period nicht ins Wasser durften, ging seitens der Wettkampfleitung zu weit. Die Welle von Saint-Leu war nicht nur während der Wettkämpfe gesperrt, sondern auch während dieser Wartezeit. Die Wettkampfleitung nahm sich heraus, ganze Tage mit guten Wellen verstreichen zu lassen, weil noch viel bessere Wellen vorhergesagt waren und man darauf hoffte, die Profis würden auf den noch viel besseren Wellen noch viel bessere Figuren machen. Und wenn Abasse fragte, warum der Wettkampf nicht lief, bekam er eine ganz andere Antwort; ihm wurde gesagt, der Wasserstand wäre zu niedrig und die Profis könnten auf die Korallen fallen. Abasse fragte sich, ob das echte Profis waren. Aber das änderte nichts daran, dass Abasse und die anderen auch während der Waiting Period nicht ins Wasser durften.

Abasse verkleidete sich dann mit Guy, Simon und Jean-Louis als Clowns und sabotierte die World Champion Tour.

Die Wettkampfleitung diskutierte mit Pierre-Yves, ob man die Gendarmerie holen sollte, aber Pierre-Yves versuchte, erst einmal zu beschwichtigen. Er nahm ein Mikrofon, ging den Strand hinunter und rief zu den Clowns auf der Welle hinaus. „Ich weiß, wer ihr seid, ihr wisst, wer ich bin, wir sind Freunde. Ihr müsst verstehen, dass ihr hier etwas zerstört, das auch für euch sehr wichtig ist. Es gibt eurer Stadt eine Bedeutung, es gibt eurer Insel eine Bedeutung, es gibt eurer Welle eine Bedeutung. Es bringt Menschen zu euch, die Ideen haben, die etwas können, von denen ihr etwas lernt – es verbessert euch, es verbessert euer Surfen, es bietet euch Anschluss an eine internationale Szene. Bitte kommt aus dem Wasser."

Pierre-Yves' Worte verhallten auf dem Meer, alle schauten auf die Clowns. Einer der Clowns nahm eine Welle und surfte sie ab. Es war Jean-Louis. Verglichen mit den Profis hatte er einen furchtbar lahmen Surfstil. Kurz vor dem grünen Raum raste er die Welle hoch, sprang über die Lippe und landete auf der anderen Seite im Wasser. Er rückte seine grüne Perücke zurecht, schob sich aufs Brett und paddelte zurück zu den anderen Clowns. Keiner von ihnen machte Anstalten, aus dem Wasser zu kommen.

Die Gendarmerie wurde gerufen. Zwei Gendarmen in engen Hemden, engen Hosen und kniehohen Stiefeln erschienen auf schweren Motorrädern. Sie trugen Sonnenbrillen und weiße Helme.

„Sie müssen diese Clowns aus dem Wasser holen“, sagte Pierre-Yves zu ihnen.

„Wie sollen wir das machen?“

„Aber das müssen Sie doch wissen!“

„Sollen wir uns eine Badehose anziehen und rausschwimmen?“

„Holen Sie einen Hubschrauber. Einen Jetski.“

Die Gendarmen schüttelten unwillig die Köpfe und sagten: „Lösen Sie das Problem selbst.“

„Aber hier liegt eine Straftat vor, Sie müssen die Daten dieser Personen aufnehmen.“

„Wenn Sie wissen, wer die sind, können Sie uns gerne die Daten geben.“

„Wenn wir die Veranstaltung abbrechen, haben wir ein Loch von einer Million im Etat.“

Aber auch das beeindruckte die Gendarmen nicht. Sie fuhren auf ihren Motorrädern wieder davon.

Die Wettkampfleitung rief eine Waiting Period aus; der Wettkampf wurde unterbrochen. Vielleicht hoffte man darauf, dass die Clowns aus dem Wasser kämen und an Land festgehalten werden könnten, aber die Clowns blieben im Wasser und surften auf der Welle. Die Tribünen begannen, sich zu leeren, die Leute am Strand packten ihre Sachen zusammen, die Staus südlich und nördlich von Saint-Leu lösten sich auf, Autos drehten um und fuhren wieder nach Hause. Einige der Zuschauer hatten ihre Surfbretter mitgebracht und kamen auf die Idee, ins Wasser zu gehen und ebenfalls auf der Welle zu surfen.

Aus dem Wettkampftag wurde ein Tag des üblichen Surftreibens.

Nach einer sehr langen Zeit kamen die Clowns an den Strand. Sie nahmen ihre Fußleinen ab – und dann ging es los.

Pierre-Yves ging zusammen mit der Veranstaltungsleitung zu den Clowns hin und begann, mit ihnen zu diskutieren. Weil ich davon ein Foto machte, bekam ich nicht mit, wie die Profis aus dem VIP-Bereich kamen und auf die Clowns zurannten; dabei bückten sie sich und hoben größere Korallenstücke vom Strand auf. Es war eine große Gruppe von Profis, die mit Korallenstücken bewaffnet auf die Clowns zurannte.

Ich nahm meinen Fotoapparat hoch und machte Fotos von Abasse, wie er sein Surfbrett über den Kopf nahm und damit nach Pierre-Yves warf; das Surfbrett bohrte sich mit der scharf gefeilten Glasfiberspitze in die Stirn von Pierre-Yves. Pierre-Yves fiel zu Boden und nahm die Hände vors Gesicht. Das Blut pulsierte zwischen seinen Fingern hindurch, floss an den Armen hinab und tropfte von den Ellenbogen herunter. Auch davon machte ich ein Foto. Ich ging etwas näher heran und machte noch ein Foto, ein Porträtfoto von Pierre-Yves mit den blutüberströmten Händen vor dem Gesicht.

Ich machte Fotos von Menschen, die aufeinander eintraten; von Fäusten, die große, scharfkantige Korallenstücke umklammerten und sie in Gesichter hineinhieben; von Stühlen, Sonnenschirmen und Zeltstangen, die geworfen wurden; von rasch zugeschwollenen Augen. Ich fotografierte Clowns mit verschmierten Masken und zerrissenen Strampelanzügen, die sich gegen die Überzahl der Profis zur Wehr zu setzen versuchten und dabei in ihre völlige Vernichtung geprügelt wurden. Immer wieder fotografierte ich Abasse. Abasse wurde die Perücke vom Kopf gerissen, die Farben seiner Clownsmaske vermischten sich mit dem Rot seines Bluts. Ich ging etwas näher heran und versuchte, ein Porträtfoto von Abasse zu machen. Ich rief: „Abasse!“, und Abasse drehte sich zu mir um und schaute mich für einen Moment völlig verwirrt an.

In diesem Moment machte ich zwei Fotos. Das erste Foto war Abasse, wie er mich als ein blutig geschlagener Clown verwirrt ansah. Das zweite Foto war Abasse, wie ihn eine Faust im Gesicht traf. Ich machte das Foto genau in dem Augenblick, als die Faust in seinem Gesicht landete und die Nase eindrückte. Abasse fiel zu Boden. Jemand trat ihm zweimal gegen den Kopf. Die Sirene der Gendarmerie heulte auf; die Schlägerei löste sich sofort auf. Abasse lag bewusstlos mit dem Gesicht im Sand. Davon machte ich Fotos. Ich schaute mich um und sah Pierre-Yves, der noch immer auf dem Boden lag und sich die blutverschmierten Hände vors Gesicht hielt. Auch von ihm machte ich weitere Fotos, bevor ich wegrannte.

Ich wusste, dass mich Abasse später fragen würde, warum ich diese Fotos gemacht hatte, was sie zeigten und was ich mit ihnen anfangen wollte. Und auch Pierre-Yves würde mich das fragen. Ich überlegte, ob ich die Fotos vernichten und so tun sollte, als hätte ich sie nie gemacht. Aber je länger ich sie betrachtete, umso stärker wuchs in mir die Gewissheit, dass die Fotos das Ende meiner Zeit auf La Réunion markierten.

Indem ich die Fotos immer und immer wieder betrachtete, erkannte ich es, und als ich es begriff, begann ich, aus den Jahren auf La Réunion herauszuwachsen.

Ich kam auf den Gedanken, die Fotos herzugeben, sie zu verkaufen, und damit etwas von mir loszuwerden, was ich loswerden wollte.

Sollte ich die Fotos hergeben, würde ich mich in Saint-Leu nicht mehr blicken lassen können – ich würde La Réunion verlassen müssen.

Ich verließ die Insel und verkaufte die Fotos. Sie öffneten mir die Türen zu einer Ecole supérieure de la photographie in Paris – ich wurde Fotograf.

8

Von diesem Galeristen hieß es, er hätte einige fotografische Künstler weit über Paris hinaus bekanntgemacht und wollte es jetzt mit einem von uns versuchen. Als er durch die Ausstellung ging, schauten ihm alle hinterher und hofften, er möge auf sie zukommen und sie ansprechen, sich mit ihnen über ihre Arbeit unterhalten, ihre Projekte, ihr ästhetisches Verständnis und so weiter.

Wenn ein Galerist bei einer Ausstellung erschien, verwandelten wir uns immer sofort. Es stellte sich nicht die Frage, wie gefestigt wir in unserer Kunst waren, sondern wie gefestigt als Person: Wie gelassen wir auftreten konnten, ob wir uns eine auf Gewissheit beruhende Arroganz geschaffen hatten, ob wir so etwas wie eine Aura besaßen; in jedem Fall durften wir nicht überdreht daherkommen und völligen Unsinn reden.

Es war sehr wichtig, einen guten Galeristen zu haben. Einige hatten schon einen gefunden und ihre ersten Arbeiten verkauft.

„Wer hat das gemacht?", fragte der Galerist und zeigte auf eine Fotografie.

Ich stand etwas abseits und hatte mir gerade einige Canapés in den Mund gesteckt. Alle schauten mich an. Ich rang mit den Essensmengen im Mund. Die Zeit verstrich, immer noch schauten mich alle an, ich schluckte hart und nuschelte mit halbvollem Mund: „Das habe ich auf La Réunion aufgenommen."

Der Galerist starrte mich durch seine eckige Brille an. Er war jung, Anfang zwanzig, also ungefähr so alt wie ich, er hatte ausgeprägte Hasenzähne, die seine Unterlippe punktierten; er trug ein dunkles Sakko und in der Sakkotasche ein buntes Seidentuch, das hervorquoll wie ein übervoller Blumenstrauß. Er trat auf mich zu und sagte: „Dann erzählen Sie mal."

Es war nicht das Siezen unter Gleichaltrigen, das mich irritierte.

Vielleicht hätte ich mich sicherer gefühlt, wenn er ausgesehen hätte wie einer unserer Professoren, ich meine diesen alten und matten, der mit seinen immer gleichen Hemden und Hosen so anspruchslos gekleidet war wie ein Käferforscher – und der sich ansonsten in einem fortwährenden Rumdrucksen verlor.

Der Galerist hatte mich nach der Fotografie gefragt, die Abasse zeigte, Abasse mit blutverschmierter Clownsmaske und einer Faust, die seine Nase eindrückte. Ich schluckte den letzten Rest Essen herunter. Dann versuchte ich mein Bestes. „Es geht um … Kontrast … lustig zum einen, ja, und traurig, also nicht traurig, nein, denn lustig – Schrägstrich – traurig, das wäre ja ein – in Gänsefüßchen …" (ich hob meine Hände und schrieb zwei Gänsefüßchen mit wackelnden Fingern in die Luft) „… – Klischee! Es ist mehr so gewalttätig, ja, und auslöschend. Also beides – und eben auch lustig."

Der Galerist starrte mich an, seine Hasenzähne stachen in seine Unterlippe. „Ein gutes Foto! Soviel Glück werden Sie nie mehr haben, es sei denn, sie wissen, wo Sie suchen müssen." Er wandte sich von mir ab und schaute sich die Fotografien der anderen an.

Für einen Moment fühlte ich mich zurückgeworfen auf all das, was mir während meines Studiums nicht gelungen war. Ich erinnerte das erste Semester, diese ganzen Partys, die nächtelangen Diskussionen, wie wir die Zeit einfach lebten ohne sie zu strukturieren, wie wir den Druck, die eigene künstlerische Sprache zu finden, anfangs als etwas Romantisches empfunden hatten. Wir hangelten uns durch die ersten Kurse: „Dunkelkammer/Laborbetrieb", „Großformattechnik", „Nachbearbeitung I + II", „Reprofotografie", „Studiobetrieb". Die anwendungsbezogenen Themen „Porträt", „Architektur", „Interieur", „Mode", „Werbung". Erst im zweiten Semester setzte bei allen dieser Ehrgeiz ein, zu der für eine Künstlerexistenz notwendigen Einzigartigkeit zu gelangen; und als sich jeder mit seinen Egoismen und Absonderlichkeiten immer stärker darauf konzentrierte, wurde es ganz still: Es gab keine Partys mehr, es gab keine nächtelangen Diskussionen, Freundschaften gingen auseinander, Beziehungen zerbrachen. Man wurde erwachsen, man wurde Künstler – ein Prozess, der insbesondere für mich schmerzhaft war, denn ich schaute dem Ganzen von der Seitenlinie aus zu, ich fand nicht mein eigenes Ding.

Mein eigenes Ding, das mir Unabhängigkeit, Sicherheit, einen künstlerischen Standpunkt gegeben hätte. Ich hatte nichts davon. Gleichzeitig sah ich, wie die anderen unabhängiger und sicherer wurden, wie sie ihren Standpunkt entwickelten und sich damit feierten. Allen voran Richard.

Richard hatte schon früh sein Ding gefunden. Er spielte mit Erwartungshaltungen und Wünschen der Gesellschaft, das ewige Versprechen vom Glück; dafür baute er glitzernde Welten auf, Jahrmarktkulissen, Lichtskulpturen, er arbeitete viel mit Schrift: so das mit Glühlampen in den Nachthimmel geschriebene Wort „Riesenkarussell". Er hatte sogar ein Magazin gefunden, das ihn druckte. Seine Arbeiten wurden als hintergründig bezeichnet. Er hatte ein Stipendium für den Aufenthalt in einer Künstlervilla in San Francisco bekommen, seine Werke verkauften sich in den USA. Das Flimmern und Flackern von Versprechen.

Jemand fasste mich sanft am Arm und riss mich aus meinen Gedanken. Mir wurde wieder klar, wo ich war – und wie erbärmlich ich mich gegenüber diesem Galeristen dargestellt hatte. „Du stellst hier also auch aus." Es war eine Frau, sie war klein und schmal, schaute mich aus grünen Augen an und hatte rotes, glatt gebügeltes Haar, das ihr auf die Schulter fiel und sehr teuer schimmerte. Ich erkannte sie sofort. „Ach!", sagte ich überrascht, „Wie viele Jahre ist das her?" Es war meine Kunstlehrerin.

„Bitte nenn mich Hélène."

„Hélène? Das ist für mich eine ziemliche Umstellung."

„Du hast mit der Fotografie also weitergemacht."

„Sie hätten mich …"

„Du!"

„Sie … Du hättest mich damals warnen sollen. Die Fotografie ist so ziemlich das Aussichtsloseste, was man als Beruf ergreifen kann."

„Immerhin wirst du einen Beruf haben. Das war damals nicht sicher.“

„Ich weiß nicht, ob ich das Studium abschließen werde, der Abschluss hat keinen Wert, und was ich mache, hat keinen Sinn.“

„Wer ist das?“, fragte sie und zeigte auf das Bild von Abasse.

„Ein Freund.“

„Ein Freund? Hast du ihm geholfen?“

Ich sagte nichts.

Hélène schaute mich etwas verwundert an.

„Interessierst du dich für Fotografie?“, fragte ich sie.

„Ich fotografiere selbst.“

„Kindergeburtstage? “

Sie lächelte und sagte „Bist du so zynisch geworden, dass du dich deiner Inspirationsquelle verschließt?“

„Du redest wie mein Professor.“

„Das sollte dich nicht wundern.“

Wir lachten beide.

„Ach, weißt du“, sagte ich, „die wollen hier irgendwas von mir, so einen philosophischen Überbau, alles muss Methode haben, das wird mir zu viel, ich schieße Fotos, mehr nicht.“

„Vielleicht kann ich dir helfen.“

„Warum willst du das tun?“

„Aus Gewohnheit.“

„Und wie willst du es tun?“

„Ich zeige dir meine Arbeiten – und ich erkläre sie dir.“

„Wo hast du sie denn?“, fragte ich, „Soll ich zu dir nach Hause kommen?“

„Wir treffen uns am Place Pigalle, nächste Woche."

„Place Pigalle?"

Ich fragte mich, warum Hélène gerade den Place Pigalle vorgeschlagen hatte; sie hatte es nicht nötig, sich mit kleinen Jungs wie mir in den Rotlichtbezirken von Paris herumzudrücken.

„Du solltest jetzt nicht zu viel Zeit mit mir vergeuden", sagte sie, „siehst du die Leute da vorne, bei denen musst du dich ins Gespräch bringen. Geh dort mal hin."

Hélène zwinkerte mir zu, drehte sich um und ging davon.

Am Abend ging ich sehr zuversichtlich nach Hause. Dass ich meine Kunstlehrerin wieder getroffen hatte, verstand ich als gutes Zeichen. Es gab mir ein wenig Hoffnung, vielleicht doch weiterzukommen.

Dass ich den Anschluss im Studium verloren hatte, war meiner Mutter aufgefallen – und auch meinem Onkel. Mit dem hatte ich noch am gleichen Abend eine ziemlich ernste Unterhaltung. „Du solltest aufhören, deiner Mutter zur Last zu fallen", sagte er, „das ist doch peinlich."

„Das kann mir meine Mutter auch direkt sagen, dafür braucht sie dich nicht."

„Als dein Stiefvater – und das werde ich bald sein …"

„Stiefvater?"

„Du hast das sehr richtig verstanden. Als dein Stiefvater habe auch ich eine gewisse Verantwortung dafür, dass aus dir etwas wird."

Dass mein Onkel nun zu meinem Stiefvater würde, überforderte mich genauso, wie mich mein Studium überforderte.

Ich versuchte, meine Mutter zur Rede zu stellen. „Du kannst doch nicht … mit solch einem Affen.“ Meine Mutter war aber nicht mehr so ratlos wie damals. Sie hatte in Paris einen Platz für sich gefunden, welchen ihr mein Onkel bereitet hatte. Ein wenig von der alles determinierenden Art meines Onkels zeigte mittlerweile auch meine Mutter. Sie sagte: „Je länger ich dir zusehe, desto weniger weiß ich, was du für dich selbst willst. Wie kannst du also wissen, was ich will?“

So etwas wollte ich mir nicht anhören. Nicht von meiner Mutter – und schon gar nicht von meinem Onkel. Ich versprach mir, alles dafür zu tun, etwas für mich zu finden, das mir erlaubte, von beiden wegzukommen. Natürlich erinnerte ich mich daran, dass mich mein Onkel dazu vor vielen Jahren aufgefordert hatte. Aber noch war mir das nicht gelungen, und so hatte mein Onkel – und Stiefvater – weiter Präsenz in meinem Leben. Am Ende musste ich mich wieder einmal auf seine Einfälle einlassen, wenn er meinte, etwas für mich tun zu können. „Vielleicht kannst du einige Fotos von unserer Hochzeit machen“, sagte er, „bestimmt findest du dafür einen Abnehmer.“

Ich verstand nicht, worauf er hinauswollte, und schaute ihn stutzig an. Er sagte: „Vielleicht möchtest du sie an ‚Paris Match‘ verkaufen, die zahlen gut, das wäre dein erstes Geld – es wird Zeit, dass du das Gefühl bekommst, wie es ist, auf eigenen Beinen zu stehen.“

Ich konnte es nicht ertragen, wie mein Onkel mit mir sprach, wie er mich mit jedem seiner Worte sehr bewusst demütigte – und dass er das damals genauso angekündigt hatte. Aus seiner

Sicht war er wohl einfach nur konsequent, vermutlich sah er in der Art, wie er mit mir sprach, eine erzieherische Leistung. Aber anstatt dass ich ihm sagte, was ich von ihm hielt, riss ich mich zusammen und sagte: „Also, wenn ich das machen darf, würde ich mich freuen. Und die Fotos darf ich wirklich verkaufen?"

„Ich kenne jemanden, der dich anrufen wird. Er heißt James."

Dieser James rief mich gleich am nächsten Tag an und lud mich zu einem Abendessen bei Lucas Carton am Place de la Madeleine ein. Es war ein sehr kleines, elegantes und teures Restaurant. An unserem Tisch standen immer gleich mehrere Kellner. Eine kleine und komplizierte Speise präsentierte sich mir auf einem großen Teller. Ich aß die drei Minzblättchen, die die Speise schmückten. James schaute mich etwas erschrocken an und sagte: „Oh, du ißt ja die Dekoration."

„Entschuldigung", sagte ich mit den Minzblättchen im Mund und ärgerte mich sofort, mich für so etwas entschuldigt zu haben.

James erzählte von seinem Reihenmittelhäuschen in Marbella, das er sich für achthunderttausend Pfund zugelegt hatte. Dabei beklagte er sich. „Ich habe in eine höhere gesellschaftliche Schicht hineingeheiratet; ich kann Geld verdienen, soviel ich will, ich kann mir schöne Häuser in London, Paris und Marbella kaufen – ganz egal, was ich mache, meine Frau wird immer enttäuscht sein."

Mir fiel nichts Besseres ein als zu sagen: „Das ist wirklich schade."

„Manchmal freut sie sich aber doch. Zum Beispiel letzten Monat, da ist der Bruder unseres Dressurpferdes für sechshunderttausend Pfund verkauft worden. Wir haben also die richtigen Gene im Stall."

James hatte eine Langhaarfrisur, die der meines Onkels glich – und immer musste er sich mit den Händen durch diese langen Haare fahren. Dabei bemerkte ich seine stark abgekauten Fingernägel. James hatte eine spitze Nase und sehr scharfe Züge im Gesicht – aber sie passten nicht zu seinem ausladenden Bauch und Hintern. Er sah aus wie ein sehr träger Mensch, der vielleicht nur deshalb erfolgreich war, weil er wusste, wie er andere für sich arbeiten lassen konnte.

Natürlich sagte ich James nicht, wie blöd ich es fand, die Hochzeit meiner Mutter mit meinem Onkel in schönen Bildern festzuhalten, denn eigentlich hatte ich ja etwas gegen diese Hochzeit. Und dass ich meinen Onkel nicht mochte, ihn aber ins beste Licht rücken müsste – auch das sagte ich James nicht. Und weil ich es ihm nicht sagte, kamen wir ins Geschäft. James wurde mein Agent.

Am Wochenende traf ich mich mit Hélène am Place Pigalle. Der Weg dorthin brachte mich durch die schäbigen Straßen am Boulevard de Clichy. Dort trat ein Mann aus einem Hauseingang, stellte sich mir in den Weg und sagte: „Komm rein, hier kannst du etwas schneller erwachsen werden, das erste Glas ist umsonst." Ich versuchte, an ihm vorbeizukommen und dann weiterzugehen, aber ein Mädchen im Minirock und mit viel zu dicken Beinen stand plötzlich neben mir und raunte mir ins Ohr: „Ich mach' auch Ausgefallenes." Sie fasste mir in den Schritt.

„Wisst ihr, wo das Marlusse et Lapin ist?", fragte ich ganz unbeeindruckt, „die Rue Germain Pilon?"

Das Marlusse et Lapin war eine kleine, ziemlich volle Bar, in der die meisten schon viel zu viel Absinth getrunken hatten und sich wildfremden Menschen um den Hals warfen. Bis Hélène kam, waren mir schon zwei Gläser Absinth aufgezwungen worden.

Hélène hatte ihre roten Haare zusammengebunden, sie trug Jeans und eine Lederjacke. Sie fragte mich: „Warum bist du nicht nach hinten gegangen?"

Ich war erstaunt, wie groß und wie ruhig der hintere Raum war. Und wie er eingerichtet war. Es hätte mich nicht gewundert, wenn ich über eine im Nachthemd gekleidete Großmutter gestolpert wäre, denn der Raum mit seinen Blümchentapeten, der Nähmaschine, dem Scheibentelefon und einem alten Mahagonibett sah aus wie die Stube einer Großmutter. Die Wand war voll mit Schwarz-Weiß-Fotos von ziemlich ernst schauenden Urgroßtanten und Urgroßonkeln. Ich fragte mich, ob hier Kurse fürs Häkeln angeboten wurden – oder ob man tagsüber Bridge spielte.

Wir setzten uns auf das Mahagonibett. Hélène fragte mich, was ich von diesen Schwarz-Weiß-Fotos hielt. Ich schaute noch einmal genauer auf diese Porträts an den Wänden. Das waren wirklich sehr ernste Gesichter. So richtig anfangen konnte ich damit aber nichts.

Wir redeten über Fotografie. Hélène wirkte dabei ausgesprochen nachdenklich, sie wollte mir erklären, warum sie die Fotografie für sich gewählt hatte. Wenn ich das nach diesen Absinth-Gläsern richtig erinnerte, sagte sie: „Ich habe in der Handhabung einer Kamera so etwas empfunden wie ‚gelassene Objektivität'. Damit meine ich, dass die Kamera eine von mir autonome Technik besitzt; sie ist etwas Selbstfunktionierendes, sie nimmt mir etwas ab, sie steht für eine an mich herangetragene Verlässlichkeit."

Hélène fotografierte mit einer Mamiya RZ67. Dafür hatte sie mehrere Objektive. Auch benutzte sie eine Nikon FM-2 und eine zweiäugige Rolleiflex. „Ich finde Leica-Typen doof", sagte sie.

„Nur, weil du dir keine Leica leisten kannst." Ich begann, von meinen drei Leica-Kameras zu schwärmen.

Vielleicht wollte Hélène ihre künstlerischen Verbohrtheiten mit mir austauschen, aber ich selbst hatte solche Verbohrtheiten nicht, weil ich an die Fotografie viel zu anspruchslos heranging. „Du wolltest mir deine Arbeiten zeigen", sagte ich, „wo sind sie?"

Hélène deutete wieder auf die Schwarz-Weiß-Porträts an den Wänden.

„Nee", sagte ich, „das ist nicht von dir."

„Lass uns doch mal ins Kino gehen."

„Ins Kino? Hier?"

Wir sind in eines dieser Pornokinos gegangen. Wir mussten nicht mal zahlen, der Kassierer kannte Hélène, nickte nur und ließ sie zusammen mit mir durch. Im Publikum saßen gerade mal vier Leute. Auf der Leinwand duschte sich eine Frau mit großem Busen und rasierter Scham. Ich wollte von Hélène wissen, wo wir uns hinsetzen sollten, aber sie wollte sich gar nicht hinsetzen, sie zeigte auf die Wand auf der anderen Seite des Raums. Und dann sah ich das, was sie meinte. Das waren also die Ideen, die Hélène hatte. Jetzt verstand ich das auch mit den Fotos bei Marlusse et Lapin.

Wir verließen das Kino und besuchten das Alibi und das Au Clair de Lune und das Café Arrosé. Auch dort hatte Hélène ihre Arbeiten installiert.

Wir kauften uns beim Araber eine Flasche Wein, setzten uns auf die Stufen von Sacré Coeur und sprachen über ihre Installationen. Erst trank ich aus der Flasche, dann sie.

Hélène machte Fotos von den guten Gegenden in Paris, von den eleganten Menschen dort, von gesellschaftlichen Anlässen – sie zog die Fotos auf Tapete und tapezierte damit die Wände in irgendwelchen Hinterhöfen im achtzehnten Arrondissement, in Sexshops und in Bars. Die tapezierte Wand in diesem Pornokino zeigte ein Kinopublikum aus dem eleganten sechzehnten Arrondissement; die Filme aber waren die Pornofilme des heruntergekommenen achtzehnten Arrondissements.

„Ich bringe die gute Gesellschaft mit der schlechten zusammen", sagte Hélène.

Wir sprachen von den Installationen anderer Fotografen, ich erwähnte auch die Installationen von Richard – und wie weit Richard mir voraus war. Ich selbst hatte noch nie an einer Installation gearbeitet. Mir fehlte diese konkrete Vorstellung im Kopf, die ich als Installation in die Welt setzen und abfotografieren wollte. Mir gelangen eigentlich nur Schnappschüsse. Ich fotografierte das Naheliegende, nicht das Konzeptionelle. An meiner Ecole supérieure fragte aber niemand nach dem Naheliegenden.

Wir tranken die ganze Flasche aus. Hélène gefiel mir sehr, das sagte ich ihr. Und dann fragte ich sie, ob ich sie einmal hochheben dürfte, denn ich wollte wissen, wie leicht sie wäre. Wir stellten uns auf die Stufen von Sacré Coeur, ich nahm sie auf meine Arme und hob sie hoch. Sie hielt sich an mir fest und kicherte. „Du bist noch viel leichter, als ich dachte." Wir setzten uns wieder hin und schauten uns an.

Da wir nicht so richtig wussten, was wir nun miteinander anfangen sollten – ob das zwischen uns Begonnene so auch weitergehen sollte mit allen Vorher- und Unvorhersehbarkeiten – ob wir das so wollten, und wenn wir das so wollten, ob das überhaupt in Ordnung war … eine Lehrerin mit ihrem Schüler.

Wir gewannen ein wenig Abstand voneinander, standen auf und entschieden uns, zur Métro zu gehen. Auf dem Weg stellte sich uns eine Prostituierte in den Weg; sie fragte mich „Hast du Lust?" Ich fand das etwas seltsam und schaute Hélène fragend an. Mit meinem fragenden Blick wollte ich einfach nur sagen, dass ich es seltsam fand, von einer Prostituierten angesprochen zu werden, ob ich Lust hätte, wenn ich von einer anderen Frau begleitet wurde. Doch Hélène verstand meinen fragenden Blick etwas anders, sie sagte: „Aber nicht zu dritt."

Wir lachten beide darüber, und mit unserem Lachen wuchs in uns die Gewissheit, dass wir vielleicht zusammenpassen könnten. In den Wochen danach telefonierten wir viel und trafen uns oft. Einmal erwähnte sie Nathan. Es gab ihn also schon damals – eine wirkliche Präsenz hatte er aber nicht, in jedem Fall war er keine Bedrohung. Hélène und ich, wir wurden ein Paar.

Im Sommer heiratete meine Mutter meinen Onkel. Insgesamt waren über dreihundert Gäste geladen, gefeiert wurde auf dem Château de Brécourt, die Hochzeitstorte hatte acht Etagen, der Ring, den meine Mutter angesteckt bekam, war aus Platin und mit Diamanten besetzt.

Vier Fotos druckte „Paris Match" zusammen mit einem Text, der meinen Onkel beschrieb als „einen Mann der Eile, der nun die Langsamkeit zu genießen lernt." Mein Onkel wurde außerdem zitiert mit den Worten: „Ich habe das Leben genossen, ich habe geliebt, ich habe Liebeskummer gehabt und gelitten – ich schäme mich nicht, das hier zu sagen." Und dann sagte mein Onkel auch etwas über meine Mutter: „Sie ist süß, sanft, lustig, intuitiv, einfach – und zum Glück interessiert sie sich nicht für wirtschaftliche Zusammenhänge."

Meine Mutter wurde nie zitiert und abgesehen von dem, was mein Onkel über sie sagte, wurde nichts über sie geschrieben.

Ansonsten war „Paris Match" voll mit Fotos und Texten, die Menschen mit ihren Eitelkeiten feierten. „Die Liebesaffären des Sommers" – das war so ein Artikel.

Auf der Titelseite stand der Satz: „Die Franzosen haben sich gewandelt: 80 % bestehen auf ein Kondom."

James kümmerte sich um Folgeaufträge – und ich nahm sie an.

Ich wurde in elegante Wohnungen und Häuser geladen und machte Fotos von Paaren, denen ich sagte: „Bitte schauen Sie nicht in die Kamera, schauen Sie sich gegenseitig in die Augen, ja, und etwas lächeln, das kommt immer gut an." Ich machte Fotos von Leuten, die sich ans Klavier setzten und so taten, als könnten sie spielen; die sich in Jagdkleidung warfen und ein Gewehr hielten; die ihre Oldtimer auf den Hof fuhren und zusammen mit ihnen fotografiert werden wollten.

James brachte mich so gut ins Geschäft, dass ich immer mehr Geld verdiente. Ich konnte mir eine größere Wohnung leisten – und hing bald sogar das Studium an den Nagel. Das war für mich eine ziemliche Befreiung, auch wenn ich mich deswegen wochenlang mit Hélène auseinandersetzen musste. Sie wollte unbedingt, dass ich weiter studiere. „Wenn du die Grenzen, die du verspürst, nicht überwindest, wirst du sie immer haben."

„Ich habe sie aber nicht überall. Ich kann etwas anderes machen. Vor allem, wenn ich darin besser bin."

„Was machst du denn? Wieso bist du darin besser?"

Hélène kannte mich mittlerweile sehr gut. Sie wusste, was ich von meiner Arbeit hielt. Ich hatte ihr auch viel von dem gesagt, was ich James niemals sagen würde. Also dass ich nicht begreifen konnte, wie jemand solchen Leuten wie Alain Delon, Johnny Hallyday oder Yannick Noah zuhören und dann auch noch ganz feierliche Texte über deren dritte oder vierte Ehe schreiben konnte, die zusammen mit Bildern von ihnen auf Yachten, in Schwimmbädern, an weißen Stränden oder in holländischen Parks erschienen.

Ich haderte mit der ganzen Romantik, die ich mit meinen Bildern zu produzieren hatte. Vielleicht war mein eigenes Leben nicht romantisch genug, vielleicht war meine eigene Welt nicht heil genug, vielleicht sah ich in all diesen Leuten, die sich von mir fotografieren ließen, eine genauso bemühte Fassade wie die Fassade meines Onkels bemüht war. In jedem Fall wusste ich, dass ich diese ganze, mir präsentierte Selbstliebe von Leuten, die ich zutiefst verlogen fand, nicht lange aushalten würde.

James war Teil dieser Welt: Auch er bemühte sich um eine Fassade, auch er liebte sich selbst. Ich hielt ihn für einen Emporkömmling – und das sagte ich Hélène.

„Nimm dein Studium wieder auf."

„Es gibt noch etwas anderes."

Jede Woche kaufte ich mir die Ausgabe von „Paris Match" und suchte nach meinen Fotos. „Paris Match" zahlte immer pünktlich, ich hing nicht in diesen endlosen Schleifen wie andere Fotografen, die auf ihr Geld warteten und ständig vertröstet wurden von Auftraggebern, auf deren Gnade sie angewiesen waren und zu denen sie freundlich sein mussten.

Ich stieß durch Zufall auf alte Ausgaben von englischen Magazinen und Zeitschriften. Auf einer Ausgabe las ich die Schlagzeile „Fergie Toe-Job". Darunter ein Bild von der barbusigen Herzogin von York, wie sie sich die Füße von einem amerikanischen Finanzmanager lecken ließ. Solche Fotos wurden nicht immer nur von englischen Fotografen gemacht. Gerade die Franzosen mischten an der Mittelmeerküste ziemlich gut mit. Daniel Angeli, der in Südfrankreich das Foto der Herzogin gemacht hatte, war ein Franzose. Ich fragte James, wie viel Angeli für dieses Foto bekommen hatte.

„Willst du jetzt auch Paparazzo werden?“, fragte mich James.

Darauf hätte ich antworten können, dass die Fotos von Paparazzi wenigstens ehrlich waren. Aber das sagte ich nur zu Hélène. Zu James sagte ich: „Wenn ich damit Geld verdienen kann, sollte es sich auch für dich lohnen.“

9

Den Gedanken, mich der Polizei zu stellen, verwarf ich rasch. Ich checkte ein, ging zum Gate und bestieg das Flugzeug nach La Réunion. Niemand hielt mich zurück, stellte Fragen oder fand mich irgendwie verdächtig.

Auf La Réunion verfolgte ich die Geschehnisse an den Fernsehern, die in den Bars liefen. Die Hetze auf Paparazzi setzte ein. Es gab weitere Festnahmen. Paris war wirklich nicht der Ort, an dem ich hatte bleiben können. Das sagte ich auch zu Hélène; ich rief sie häufig an – aber Hélène hatte kein Verständnis für meine Situation, sie machte mir Vorwürfe.

Weil ich davon ausging, einige Zeit in La Réunion verbringen zu müssen, mietete ich ein Haus. Es war ein kreolisches Haus am Ende der Avenue des Letchis in der Hermitage. Es war weiß und hatte eine arkadenüberdachte Veranda, auf der ich sitzen und auf die Lagune hinausschauen konnte. Lambrequins und Holzfriese verzierten die Fenster und verliefen entlang der Dachkanten. Im Garten standen Mango-Bäume um einen Pool herum. Den Pool müsste ich bald reinigen.

Als ich mich eingerichtet hatte, nahmen die Geschehnisse eine Wendung. James rief mich an und sagte mir, ich hätte keinen Grund mehr, mich auf La Réunion zu verstecken, der Fahrer des Wagens hatte 1,87 Promille im Blut gehabt, außerdem Reste von Prozac und Tiapridal – Medikamente, die die Wirkung von Alkohol verstärken. Die Kriminalpolizei beschäftigte sich damit – und mit dem Wagen, einem Mercedes 280 S, der vor dem Unfall gestohlen worden und später wiedergefunden worden war. Mehrere Teile des ABS-Bremssystems und der automatischen Steuerung waren ausgebaut und ersetzt worden. Was die Fotografen anging – sie wurden alle freigelassen.

„Ich habe einen Fußballspieler mit seiner Familie“, sagte James, „du kannst Urlaubsfotos von denen machen. In der Schweiz.“

„Ich muss darüber nachdenken.“

„Wenn du länger auf La Réunion bleiben willst, sag’s mir, ich kann die Aufträge anderweitig vergeben. Aber wenn sich andere etabliert haben, bist du weg vom Fenster.“

„Das mit dem Fußballspieler interessiert mich schon, aber …“

„Wie lange willst du auf La Réunion bleiben?“

„Ungefähr vier Wochen.“

„Musst du das, was passiert ist, verarbeiten?“

Ich zögerte einen Moment, dann sagte ich: „Ich habe gehört, dass Fotos von der sterbenden Prinzessin ‚News of the World‘ für 250.000 Pfund angeboten wurden.“

„Und?“

„Wer hat sie gemacht?“

„Nur so viel: Du kennst ihn.“

„Wie sind sie zu ‚News of the World‘ gelangt?“

„Das habe ich vermittelt.“

„Du hast solche Fotos verkauft?“

„Die haben abgelehnt.“

„Solche Fotos – das ist unmoralisch."

„Ich hab' sie ja nicht verkauft."

„Weil sie abgelehnt haben."

„Genau."

Ich weiß gar nicht, weshalb ich das mit James überhaupt diskutierte. Ich selbst kannte die Grundsätze des Geschäfts. Als Fotograf hatte ich nicht die Zeit, die Situation zu betrachten und darüber nachzudenken, ob sich das ethisch rechtfertigen ließe. Um ein Foto zu machen, hatte ich nur den Bruchteil einer Sekunde, und den verwendete ich am besten darauf, das Foto auch tatsächlich zu machen. Ob es eine große Story hergab oder bloß jemanden in seiner eigenen Misere zeigte, sollte mir – und auch James – egal sein. Wie das Foto zu bewerten war, blieb den Herausgebern der Zeitungen und Magazine überlassen – sie wählten aus, was sie den Lesern zeigen wollten, und nachdem sie es getan hatten, konnten sie sich gerne auch moralisch zerknirscht geben.

Aber warum nahm ich den Auftrag in der Schweiz nicht an? Das war wieder viel Geld. Ich wusste doch selbst, dass die Prinzessin kein Opfer gewesen war; diese ganzen Schlagzeilen von der „zu Tode gejagten Prinzessin" waren eine völlige Verzerrung. Die Prinzessin hatte ihre eigenen Interessen, viel zu oft hatte sie die Presse manipuliert. Wenn sie der Öffentlichkeit zeigen wollte, was für eine tolle Mutter sie war, ging sie mit ihren Kindern in den Thorpe Park und bestach einen Fotografen, Fotos von der „glücklichen Familie" zu machen. Außerdem erinnerte sich doch jeder an die Nacht, in der ihr Mann im Fernsehen eingestand, Ehebruch begangen zu haben.

Zur gleichen Zeit erschien die Prinzessin bei einem offiziellen Anlass in einem Kleid, das eine exakte Kopie des Kleids war, in dem ihre Nebenbuhlerin einmal fotografiert worden war. Sie bot den Zeitungen an, sie und ihre Nebenbuhlerin – die zwei Frauen im Leben des Prinzen – direkt zu vergleichen; und sie tat es, weil sie wusste, dabei eine bessere Figur zu machen.

Die Prinzessin verhielt sich gegenüber der englischen Presse genauso manipulativ wie gegenüber der französischen. Die geheimen sechs Tage mit ihrem Liebhaber in Saint-Tropez waren nicht geheim; auch der Kuss in Korsika war dafür bestimmt, in die Zeitungen zu kommen. Bei ihrem Rachefeldzug gegen den Palast hatte sie der Presse eine Schlüsselrolle zukommen lassen.

Für ihre Reise nach Paris hatte sie ihre Daten mit Sicherheit selbst weitergegeben, und wenn sie es nicht getan hatte, dann hatte es ihr Liebhaber getan, denn der hatte ein großes Interesse daran, durch die Liebesbeziehung zur Prinzessin auf die gesellschaftliche A-Liste zu kommen.

Ich zählte einfach viel zu viele Fotografen in Le Bourget, als die Gulfstream 4 landete. James hatte mir sogar die Kennzeichen des Mercedes und des Range Rovers durchgegeben. „Sie werden im Mercedes sein“, hatte er gesagt, „der Range Rover ist nur für das Gepäck.“ James nannte das Ritz, dort würden sie übernachten, und das Restaurant „L'Espadon“, dort würden sie zu Abend essen; außerdem nannte er eine Adresse in der Rue Arsène-Houssaye, dort hatte der Liebhaber eine Wohnung. Sollte ich die Prinzessin und ihren Liebhaber aus den Augen verlieren, wüsste ich also, wo ich sie wiederfinden könnte.

Viel deutlicher konnte niemand mehr werden, wenn es darum ging, mir zu sagen, dass ich einen sehr präzisen Auftrag sehr verlässlich auszuführen hatte. Ich hatte überhaupt keinen Zweifel daran, dass die Reise nach Paris für die Presse inszeniert worden war. Wenn sich die Prinzessin und ihr Liebhaber in ein Auto setzten, das von einem mit Medikamenten und Alkohol vollgepumpten Fahrer gesteuert wurde, war das nicht meine Schuld.

Die Prinzessin war mit der Presse wirklich manipulativ umgegangen, und sie war so naiv gewesen, zu glauben, die Presse würde sich manipulieren lassen. Mit den Fotos und Artikeln, die dokumentierten, dass das Leben der Prinzessin nicht so märchenhaft verlief, wie es begonnen hatte, war ihr ein Spiegel vorgehalten worden, in dem sie etwas sah, das ihr nicht mehr gefiel. Auch spürte sie, ein Spiel zu verlieren, auf das sie sich selbst eingelassen hatte.

Mir hatte ein Fotograf mal von einer Begegnung mit ihr in Lech erzählt. Das war nach ihrer Scheidung. Er erzählte mir, wie er in seinem viel zu teuren Mietwagen saß, in dem er fünf Tage und vier Nächte gelebt hatte, und darüber nachdachte, wieder nach Paris zu fahren. Denn in der ganzen Zeit hatte er sie nicht ein einziges Mal aufspüren können. Dann aber erschien sie. Sie schlug die Faust gegen das Autofenster; er sprang im Sitz auf, schaute hinaus und sah ihr Gesicht direkt vor seinem. Er kurbelte das Fenster herunter – und sofort kreischte sie ihn an: „Warum können Sie mich nicht in Ruhe lassen?“

Er wusste nicht, was er sagen sollte. Die Prinzessin schaute auf den Rücksitz und sah dort McDonald's-Tüten, Pizzakartons, leere Cola-Becher und den ganzen anderen Müll, der sich dort angesammelt hatte.

„Ich hasse diese Dinger", sagte sie und zeigte auf die zwischen dem Müll liegenden Kameras und Teleobjektive.

Er erwiderte: „Damals haben Sie sie gemocht, Sie waren sehr gut darin, aus Kameras und aus Fotografen das Beste für sich herauszuholen."

„Damals war das meine Aufgabe."

Sie schaute ihn an und schwieg für eine sehr lange Zeit. Er fühlte sich in seinem mit Müll vollgeladenen Auto zunehmend unwohl. Dann sagte sie: „Sie werden das nie verstehen."

Andere Fotografen erzählten, sie wären von der Prinzessin mit den Worten „Sie machen mir das Leben zur Hölle!" und „Hau'n Sie bloß ab!" angekreischt worden.

Aber sie reagierte nicht immer aggressiv.

In Paris sah ich sie im L'Espadon mit ihrem Liebhaber an einem Fenstertisch; vor dem Fenster schlugen wir Fotografen uns darum, ein Foto von ihr zu bekommen. Plötzlich begann die Prinzessin zu weinen. Auch wenn die Reise nach Paris inszeniert war, auch wenn sich die Prinzessin und ihr Liebhaber absichtlich an einen Fenstertisch gesetzt hatten, statt einen der nicht einsehbaren Räume im hinteren Teil des Restaurants zu wählen, waren die Tränen der Prinzessin echt; es waren Tränen, die nicht für die Presse bestimmt waren.

Ich hatte die Prinzessin einige Male fotografiert, ohne sagen zu können, was für ein Mensch sie war.

Ein anderer Fotograf hatte mir einmal erzählt, dass er ihr zu Fuß gefolgt sei – und sie ihn für einen Dieb gehalten hatte.

Als sie feststellte, dass er Fotograf war, war sie erleichtert. Sie unterhielt sich ein wenig mit ihm. Das war zu einer Zeit, zu der sie noch verheiratet war. Sie stellte belanglose Fragen darüber, wie er an seine Informationen käme und wo er seine Fotos verkaufte, sie sagte auch, dass ihr die Fotografen der Fleet Street lieber wären, die würden sich an Regeln halten. Er fragte sie, ob sie ihren Urlaub in Mallorca genossen hätte und wie es den Kindern ging. Es war eine Unterhaltung, wie man sie in der Warteschlange beim Bäcker führt. Während dieser Unterhaltung spürte er aber, wie sehr sie ihn einnahm; sie war charmant, sie war geistreich, sie war redegewandt – und sie war hübsch. Seine Kamera hatte das immer wieder einfangen können. Sie hatte leuchtend blaue Augen, und wenn sie ihn anlächelte – so erzählte er es mir –, fühlte er sich plötzlich hilflos und wehrlos und voller Sehnsucht nach Liebe. Vielleicht war es die Haltung, die sie einnahm, als sie mit ihm sprach; er versuchte, mir das zu beschreiben. „Sie drehte sich etwas zur Seite, senkte den Kopf herab und schaute zu mir hinauf."

10

Es gab andere Gründe, weshalb ich in La Réunion blieb.

Die Telefongespräche mit Hélène wurden zunehmend schwieriger. Hélène machte mir nicht nur Vorwürfe, sie sprach mich bald auch auf etwas an, über das wir schon mehrfach geredet hatten. „Mein Onkel möchte Rambouillet entgültig verkaufen."

„Willst du jetzt doch aus Paris rausziehen?"

„Ich möchte Kinder."

„Ich weiß. Und ich weiß auch, dass ich momentan andere Probleme habe. "

„Du trägst keine Schuld an dem Unfall. Du kannst zurückkommen, mach mir nichts vor."

Ich zögerte einen Moment. Dann sagte ich: „Auch ich möchte Kinder."

„Dann komm zurück."

„Das geht nicht."

„Mittlerweile weiß ich auch, warum."

„Ja, du weißt es."

Daniel Angeli hatte für das Foto von der barbusigen Herzogin von York mehr als zehn Millionen Francs bekommen. Über James erfuhr ich von den vielen anderen Vermögen, die mit ein paar geknipsten Fotos und gedrehten Videos gemacht wurden. Ich hatte darin eine Chance gesehen, mich nicht weiter von meinem Onkel bevormunden zu lassen. Diese Chance hatte ich wahrgenommen. Ich verdiente mit meinen Fotos sehr viel Geld und konnte mir sogar etwas Besseres leisten als ein altes Steinhaus in Rambouillet.

Aber um Kinder zu haben, musste ich mit mir selbst zufrieden sein, und ich musste zufrieden sein mit dem, was ich tat. Sollte ich mich später einmal fundamental verändern wollen, würde das mit Kindern sehr schwer sein. Ich war selbst erstaunt, wie konservativ ich war, wenn es um die Bedingungen ging, die ich selbst erfüllen wollte. Hélène aber dachte genauso. Was für mich Bedingungen waren, waren für Hélène Erwartungen.

Sobald ich die ersten größeren Geldsummen erhalten hatte, spürte ich, dass bei der Jagd auf Fotos und auf Geld etwas fehlte. Es war sogar so, dass ich umso ratloser wurde, je mehr Geld ich bekam. Meine Ratlosigkeit versetzte mich in die einige Jahre zurückliegende Zeit des Studiums, als es darum ging, eine Idee zu haben und sie als Installation in die Welt zu setzen. Genau diese Erfahrung hatte ich bis heute nicht gemacht. Auf einer solchen Erfahrung aber baute die eigene Unabhängigkeit auf – mehr noch als auf Geld. Die Erfahrung, eine eigene Idee in die Welt zu bringen, wollte ich nicht durch die Erfahrung ersetzen, Kinder zu haben. So einfach wollte ich mir das nicht machen.

„Hast du diesen Augenarzt eigentlich nochmal getroffen?", fragte ich sie.

„Er heißt Nathan."

„Nathan, ja … "

„Ein Schulfreund, das habe ich dir gesagt."

Nathan hatte mir einmal seine Arbeit beschrieben. „Eine Hornhauttransplantation ist ein hochästhetischer Eingriff", referierte er mit einem Glas Champagner in der Hand, „du schneidest ein rundes Scheibchen aus der Vorderseite eines Spenderauges und setzt es in das Empfängerauge ein. Das Scheibchen fixierst du mit vier Einzelknüpfnähten aus monofilem Kunststofffaden der Stärke 8,0; danach legst du eine doppelt fortlaufende gekreuzte Naht nach Hoffmann mit zweimal acht Durchstichen. Einen solchen Eingriff nennt man Keratoplastik. In einem Notfall – bei noch entzündeter Hornhaut – spricht man von einer Keratoplastik à chaud. Das ist meine Spezialität. Voilà."

Nathan hatte mir voraus, dass er mit dem, was er tat, zufrieden war. Wäre er das nicht, hätte er längst begriffen, dass er mit der Begeisterung für seine Arbeit alle um sich herum langweilte.

„Wenn du Kinder willst", sagte ich, „müsstest du nach solchen Leuten wie ihm Ausschau halten. Bestimmt machst du das längst."

„Das tue ich nicht."

„Warum hast du eigentlich aufgehört, dich am Place Pigalle herumzutreiben?"

„Machst du dich über mich lustig?"

„Weißt du, diese von dir installierten Fehlplatzierungen, also sagen wir, diese gesellschaftlichen Fehlplatzierungen, sind doch so etwas wie Gegenentwürfe."

„Haben wir nicht gerade über Nathan geredet?"

„Ich rede doch über Nathan."

„Du redest über Gegenentwürfe."

„Genau. Ich habe darüber mal nachgedacht. Diese Gegenentwürfe haben viel zu viel mit den zugrundeliegenden Entwürfen zu tun. Das ist das Problem. Du schaffst damit nichts Neues, du beziehst dich lediglich auf etwas. Und weißt du, worauf?"

„Es ist für mich neu, dass du Kunst erklären kannst – insbesondere meine."

„Du beziehst dich auf die Gesellschaft des sechzehnten Arrondissements. Aus der aber kommst du. Weil du dich auf sie beziehst, entkommst du ihr nicht. Im Gegenteil: Du kehrst zu ihr zurück."

„Warum sagst du das alles?"

„Richte Nathan schöne Grüße aus."

Hélène schwieg für einen Moment; ich fürchtete, sie wollte das Gespräch beenden. Aber dann war sie an der Reihe. Sie sagte: „Ich kann sehr gut verstehen, dass du für Kinder noch nicht bereit bist, immerhin bist du sechs Jahre jünger als ich, vor sechs Jahren war ich selbst dafür noch nicht bereit. Aber du musst verstehen, dass ich nicht mehr viel Zeit habe. Wenn ich diese Zeit jetzt vergehen lassen würde, verlieren wir beide etwas. Irgendwann wirst auch du den Wunsch haben, Kinder zu bekommen. Dann aber bin ich zu alt. Mein Kinderwunsch wird sich nicht erfüllt haben, deiner auch nicht. Es gibt nur die Möglichkeit, ich trenne mich heute von dir und versuche es mit einem Mann, der heute Kinder haben will, oder du trennst dich in einigen Jahren von mir und versuchst es mit einer Frau, die dann Kinder haben kann. Den Wunsch, Kinder zu haben, gebe ich für dich nicht auf, und ich erwarte auch nicht, dass du ihn für mich aufgibst."

„Das klingt so, als wärst du mit Nathan schon viel weiter."

„Er hat mir angeboten, der Vater meiner Kinder zu werden."

„Ach ja? Wie hat er es denn gesagt? Lass mich raten: ‚Ich biete dir hiermit an, der Vater deiner Kinder zu werden.' Bestimmt hat er noch irgendwas von Verantwortung gefaselt. Vielleicht ist das Wort ‚lebenslang' gefallen. Hast du ihm eigentlich gesagt, dass er auf einer Wand im Achtzehnten klebt? Welches Pornokino war das nochmal?"

„Ich hab' es abgenommen."

„Bei Nathan müsstest du dich ganz schön verbiegen. Im Bett kann das aber Spaß machen."

„Wieso lasse ich dich über Nathan so reden? Ich sollte dir das verbieten."

„Und warum tust du es nicht?"

Die meisten Telefonate mit Hélène verliefen so, häufig legten wir im Streit auf. Mir wurde klar, dass ich drauf und dran war, Hélène zu verlieren. In der Vehemenz ihrer Vorwürfe spürte ich aber auch, dass sie noch an mir festhielt.

In der Zeit dieser schwierigen Telefongespräche mit Hélène entwickelte sich etwas anderes. Es hatte begonnen mit diesem Hund.

Der Hund kam in den Nächten an meine Haustür, setzte sich dort hin und kläffte herum. Er kläffte und winselte, er bettelte, er wollte reingelassen werden, er wollte, dass ich mich um ihn kümmere. Ich lag hellwach im Bett und schaute gegen die Decke.

Ich war mir nicht sicher, ob der Hund zu den Hunden gehörte, die auf dem Parkplatz des Score in Saint-Gilles-les-Bains herumlungerten. Die Hunde dort kratzten sich die Flöhe aus dem Fell, hatten entzündete Augen, offene Wunden, waren klapperdürr und insgesamt ziemlich abgetakelt; sie rissen Müll aus den Mülltonnen und bettelten die Leute an. Ich hörte, dass der hinter der Fleischtheke im Score stehende Metzgerlehrling Knochen sammelte und sie sorgfältig zersägt den Hunden gab. Das wurde ihm natürlich bald verboten, aber die Hunde gingen trotzdem nicht mehr weg.

Mich beschäftigten der Unfall der Prinzessin, die Ermittlungen gegen die Fotografen und die Frage, ob es mit Hélène weitergehen würde. Ich wollte mich nicht auch noch um einen Hund kümmern.

Aber ich sah, wie ein Hund auf die Route Nationale getrottet war – er musste sehr schlechte Augen gehabt haben. Das erste Auto erfasste ihn an den Hinterläufen und schleuderte ihn durch die Luft; er landete auf dem Asphalt, wand sich dort, winselte und kläffte und geriet unter ein zweites Auto, unter dem er gequetscht und gewälzt wurde, sich die Läufe und Rippen brach und als blutendes Bündel unter dem Auspuff wieder hervorkam. Immer noch winselte und kläffte er. Das dritte Auto fuhr mit einem Reifen über seinen Kopf und tötete ihn auf der Stelle. Die nächsten Autos fuhren den Hund platt und schoben die Kadaverreste immer weiter an den Fahrbahnrand, wo sie in der Hitze ihren Leichengestank entfalteten.

Der Fahrbahnrand der Route Nationale war voller Hunde- und Katzenkadaver. Manchmal fanden sich dort auch Chamäleons, die so plattgefahren und ausgetrocknet waren, dass man sie vom Asphalt schaben und als Lesezeichen verwenden konnte.

In der Nacht hörte ich wieder das Kläffen vor meiner Haustür. Dieses Mal stand ich auf, ging runter, schloss auf und schaute hinaus. Der Hund, der jede Nacht vor meiner Haustür gesessen hatte und mich jetzt anschaute, hatte einen weißen Fleck seitlich am Hals, dort, wo Jugendliche sich mit einem Knutschfleck schmückten; ansonsten hatte er ein schwarzes Fell – aber es war nur der Schatten davon, denn das Fell war ihm ausgefallen; er saß ziemlich nackt vor meiner Tür, seine Haut war bedeckt mit einer dicken Schicht Eiter.

Auf La Réunion trägt fast die Hälfte der Bevölkerung den Namen Joëlle Payet, und fast die andere Hälfte trägt den Namen Joël Payet. Ich hatte nicht erwartet, dass die Tierärztin Dr. Joëlle Payet, die ich mit dem Hund in La-Saline-les-Bains aufsuchte, Joëlle war. Aber sie war es. Ich erkannte sie an ihren hellen Augen über dem ihr Gesicht weitgehend verdeckenden Mundschutz.

Joëlle kümmerte sich um den Hund. Sie nahm Proben von der eitrigen Haut, ging zum Waschbecken, wusch sich die Hände und sprach von einer parasitären Hauterkrankung.

Ich betrachtete Joëlle, wie sie am Waschbecken stand und mir den Rücken zugekehrt hatte. Sie trug einen alten Arztkittel, der knittrig und ausgefranst war und farblich etwas ins Gelb kippte. Dieser alte Arztkittel aber betonte umso mehr die dunkle Haut, die athletische und großgewachsene Figur, die Joëlle hatte. Joëlles Arme waren lang, ihre Hände waren groß; sie war eine schöne Frau geworden, das wurde mir ganz besonders klar, als sie sich umdrehte, mich mit ihren hellen Augen anschaute und den Mundschutz aus dem Gesicht und unter das Kinn schob.

Sie sagte mir, dass sie sich freue, mich wiederzusehen. Sie wäre neugierig, was ich in Paris gemacht hätte, das Leben dort sei doch sehr anders. Ich fragte sie, ob wir uns treffen wollen.

Im Restaurant „La Bobine" in der Lagune der Hermitage erzählte mir Joëlle alles über ihre Zeit in La Réunion.

Anfangs unterhielten wir uns über Hunde. Ich erwähnte den, der auf der Route Nationale überfahren worden war. Joëlle erzählte von einem Hund, den sie einmal am Strand gefunden hatte; er war von den Wellen angespült worden, ein großer Angelhaken war durch seinen Kopf hindurchgestochen worden; es gab Leute auf La Réunion, die Hunde als Köder für die Jagd auf Haie einsetzten.

„Hast du den Schmuck selbst gemacht?", versuchte ich das Thema zu wechseln, denn das mit den Hundeschicksalen wurde mir etwas viel.

Joëlle trug einen aus goldenen Fäden geflochtenen Ring am Finger; auch um den Hals trug sie eine goldene, geflochtene Kordel. Beides sah so ein bisschen selbstgebastelt aus – ich sah darin das Ziehen, Walzen, Wickeln, Flechten.

„Ich habe Verehrer", sagte sie

„Ist einer von denen Goldschmied?"

„Er nicht, aber seine Frau."

„Und dann schenkt er dir den Schmuck, den seine Frau angefertigt hat?"

„Nein."

„Das verstehe ich nicht."

„Das ist jemand anderes."

Joëlle erzählte mir von ihren Verehrern. Und damit erzählte sie mir vom großen sexuellen Reichtum La Réunions.

Um sich das Studium der Tiermedizin finanzieren zu können, hatte Joëlle im Hôtel Le Recife in Saint-Gilles-les-Bains gearbeitet. Dort lernte sie ihren Freund kennen. Er stammte aus Madagaskar, war aber Franzose. Er arbeitete schon seit sieben Jahren im Hôtel Le Recife und gab Handtücher aus – das genau hatte er sieben Jahre lang gemacht. Joëlle wollte aus ihrer Familie raus und zog zu ihm in ein Hochhaus in Saint-Denis. Der Eingang des Hochhauses wurde belagert von Drogendealern. Die Drogendealer grüßten sie – und drehten ihrem Freund Zamal an. Als Paar lebten sie ein ereignisloses Leben; wenn Joëlle nicht studierte oder arbeitete, verbrachte sie die Zeit mit ihrem Freund vor dem Fernseher; zusammen bestellten sie die immer gleiche Pizza mit dem immer gleichen Brownie. Wenn sie beim Pizzalieferanten anriefen, erkannte der sie schon an der Stimme. Joëlle machte eine Liste von Dingen, die sie an ihrem Freund nicht mochte: Wie er sich aufs Bett legte und in seinen Kleidern schlief, wie er vor dem Fernseher saß und eine Hand in der Hose hatte, was für einen Unsinn er redete, wenn er Zamal rauchte. Und er rauchte sehr viel Zamal. Auch nervte sie die Fußballerkarriere, von der er immer geträumt hatte. Er wollte in die Jugendmannschaft eines Erstligaclubs, brach sich kurz vor dem Probespiel aber das Bein – und ein Jahr später hatte er mit dem Zamal bereits begonnen.

Im Le Recife lernte sie diesen Mann kennen, er war auch aus Madagaskar, er war jung und sah gut aus, er machte Urlaub mit seiner Frau, einer weißen Französin, die viel älter war als er – auch war sie sehr dick. Die meiste Zeit saß diese Frau schlecht gelaunt im Schatten einer Palme und kommandierte ihren Mann herum. Manchmal beschimpfte sie ihn. Er konnte es ihr am wenigsten recht machen, wenn es darum ging, sie mit Sonnenöl einzureiben. Das war dann nie genug Öl … oder da waren ein paar Stellen ausgelassen – und wenn ihre weiße Haut irgendwo rot wurde, warf sie ihm das vor. Sie keifte einmal ganz laut, das war, als ihr Mann das Sonnenöl mit einer After-Sun-Lotion verwechselt hatte. An diesem Abend war sie ganz besonders rot.

Auch humpelte die Frau, und das tat sie deshalb, weil sie auf einer Prothese ging. Ihr war das linke Bein unterhalb des Knies abgenommen worden.

Joëlle suchte den Kontakt zu diesem Mann im Hotelrestaurant, es waren nur ein paar Blicke, die sie austauschten. Kurze Zeit später trafen sie sich am Strand, fanden ein Versteck, legten ein Handtuch aus, zogen sich aus und begannen, wie die Verrückten zu vögeln. Das ging zwei Stunden so. Irgendwann fragte Joëlle ihn, ob seine Frau ihn nicht suchen würde, sie könnte ihn hier mit Joëlle erwischen. Aber der Mann sagte „Mach dir keine Sorgen."

„Deine Frau kann uns hier jederzeit finden."

„Das wird sie nicht."

„Wie kannst du dir so sicher sein?"

„Ich hab' ihr Holzbein versteckt."

Mit dem Mann traf sie sich noch einige Male, dann flog er zusammen mit seiner dicken Frau zurück nach Frankreich. Joëlle fragte ihn, ob man in Kontakt bleiben könnte, man könnte sich ab und an vielleicht schreiben. Aber der Mann sagte, er könnte nicht schreiben, er wäre Analphabet.

Joëlle ging immer häufiger fremd. Sie reagierte auf Kontaktanzeigen. Sie machte immer wildere Erfahrungen mit immer rascher wechselnden Partnern, es waren Feuerwehrmänner, Matrosen, Bergsteiger und Animateure, Chinesen, Schwarze, Weiße und Braune.

Sie hatte etwas mit einem Immobilienmakler. Dieser Makler war sehr gut im Geschäft, er fuhr ein großes Auto, trug eine teure Uhr, hatte eine schöne Wohnung – und immer, wenn er eine Villa auf den Markt brachte und Verkaufstermine machte, bat er Joëlle, mit ihm diese Villa zu besuchen, in den Pool zu steigen und dort zu vögeln. „Das bringt mir Glück", sagte er ihr. Und dann vögelten sie im Pool einer Villa, die er gleich am nächsten Tag verkaufte. So ging das ein paar Mal, und immer verkaufte er die Villa am nächsten Tag. Joëlle brachte ihm wirklich Glück.

Joëlle schloss ihr Studium ab und machte ihre Praxis in La-Saline-les-Bains auf. Der Weg von Saint-Denis bis nach La-Saline-les-Bains war zu weit, um ihn jeden Tag zu fahren. Sie sagte zu ihrem Freund: „Ich habe eine Wohnung in Saint-Leu-les-Hauts gefunden, ich werde dort hinziehen."

„In Ordnung“, sagte ihr Freund und schaute Fernsehen.

„Ich werde dich verlassen, ich habe keine Lust mehr auf dich und auf dieses Leben.“

„In Ordnung“, sagte ihr Freund wieder und schaute weiter Fernsehen.

Dann nahm Joëlle ihre Sachen, ging aus der Wohnung und zog die Tür hinter sich zu.

Manchmal sah sie ihren Freund, also ihren ehemaligen Freund, im Le Recife oder am Strand von Boucan Canot, und wenn sich ihre Blicke trafen, war dort in seinen Augen nicht viel mehr zu lesen als eben dieses: „In Ordnung.“

Seit einiger Zeit war sie mit einem Manager aus Paris zusammen. Richtig zusammen waren sie nicht – das war genau die Frage, die sie sich derzeit stellten. Sie wollte mit niemandem zusammen sein, und auch er wollte es nicht. Aber immer, wenn er nach La Réunion kam, und er kam jeden Monat für zwei Wochen, verbrachten sie sehr viel Zeit miteinander. Und wenn er zu ihr nach Saint-Leu-les-Hauts kam und dort einige Nächte blieb, brachte er Hemden mit und ließ sie da. Auch seine Zahnbürste ließ er da. Er kam mit seinen Pantoffeln und ließ sie da. Als Joëlle diese Pantoffeln in ihrer Wohnung sah, wusste sie, ihn zur Rede stellen zu müssen.

„Ich möchte keine Beziehung“, sagte sie.

„Ich auch nicht.“

„Aber du tust so, als würden wir hier zusammenwohnen.“

„Wir sind nicht zusammen. Meine Pantoffeln machen da keinen Unterschied.“

„Das glaube ich aber doch.“

„Ich bin nicht mit einer Frau zusammen, nur, weil ich meine Pantoffeln bei ihr habe."

„Wann bist du mit ihr denn zusammen?"

„Wenn ich ihr treu bin."

„Bist du mir treu?"

„Nein."

„Das glaube ich dir nicht."

„Soll ich es dir beweisen?"

„Wie willst du das tun?"

Sie fuhren zusammen nach Trou d'Eau in den Club échangiste. Dort könnte sie zuschauen, wie er es mit einer anderen trieb. Aber wie sie dort waren, fand er keine, die ihm gefiel, und auch sie fand niemanden, der ihr gefiel – und dann waren sie beide in eine Kabine gegangen und haben bei offener Tür gevögelt, und da kam ein Dritter rein, schaute zu, wie sie vögelten, und da fragte sie diesen Dritten, ob sie ihn anfassen könnte. Sie tat das, und irgendwie war das wie ein Dreier, aber es war nicht wirklich ein Dreier, denn für einen Dreier passierte mit dem Dritten viel zu wenig.

Das mit dem Dreier ging ihr aber nicht aus dem Kopf, und gleich am nächsten Tag wollte sie mit dem Manager wieder nach Trou d'Eau in den Club échangiste fahren. Auf dem Weg dahin war sie aber so aufgeregt, dass sie Durchfall bekam, und mit Durchfall wollte sie nicht in einen Club échangiste gehen und einen Dreier wagen. Der Manager hielt das Auto am Straßenrand an und tröstete sie. Joëlle sagte, sie bekäme immer Durchfall, wenn sie aufgeregt sei, und jetzt wüsste sie auch nicht mehr weiter, denn so ein Dreier würde sie sehr aufregen, vielleicht würde sie nie einen Dreier haben, weil der Durchfall dem Dreier immer zuvorkommen würde. Der Manager sagte, sie müsse an so etwas einfach ganz anders herangehen, er könnte ja einfach mal einen Freund mitbringen, und wenn man gemeinsam zusammensitzt, könnte man sich die Frage stellen, wie man sich fühlt und so weiter, und wenn man sich nach einem Dreier fühlt, könnte man das ganz unaufgeregt machen, und es gäbe auch keinen Durchfall mehr.

Joëlle erzählte mir auch von anderen Männern. So verging der Abend. Am Ende fragte sie mich, ob ich Lust hätte, mit zu ihr zu kommen.

In den Wochen, die ich nun schon auf La Réunion war, hatte ich sehr viele Spaziergänge am Strand der Hermitage gemacht, es waren Spaziergänge, die ich immer am frühen Morgen machte, und bei denen ich auf das stille Meer hinausschaute und Fischer beobachtete, die mit Netzen durch die Lagune wateten und ganze Fischschwärme einfingen. Ich traf auch auf junge Liebespärchen, die die Nacht am Strand verbracht hatten und sich morgens ins Meer begaben, um sich zu waschen. Junge, dunkelhäutige Frauen standen im knietiefen Wasser und wuschen ihre nackten Körper. Und wenn ich diese Frauen sah, dachte ich daran, dass ich es vermisste, eine Frau in den Armen zu halten. Ich hatte eine immer stärker werdende Lust auf eine dieser sich in der Lagune Waschenden empfunden – und nun hatte mich Joëlle zu sich nach Hause eingeladen.

Ich dachte an Hélène. Ich könnte es zu einem Ereignis kommen lassen, welches unsere Beziehung auflösen würde.

Ich hatte mich gefragt, ob ich mit Joëlle über das sprechen könne, was mich seit einiger Zeit beschäftigte. Ich meinte damit die Notwendigkeit, mit sich selbst und mit dem, was man tat, zufrieden zu sein, um die Erwartungen anderer erfüllen zu können. Aber Joëlle hatte gar keine Erwartungen. Sie hatte keine Vorstellung davon, was sie sich von einem Mann wünschte – außer einer Affäre.

„Kommst du mit zu mir?", fragte mich Joëlle noch einmal, als wir auf dem Parkplatz vor dem Restaurant standen.

Es war eine warme Nacht. Vielleicht sollte ich mitgehen. Ich würde Hélène verlieren. Sie würde ihr Leben fortsetzen mit diesem Augenarzt oder mit sonst jemandem; sie würde im sechzehnten Arrondissement leben – und alle Versuche der Annäherung an die Kunst würden vielleicht auch bei ihr zu Anekdoten verkümmern.

Ich selbst würde noch andere Menschen enttäuschen; ich würde meine Ratlosigkeit nicht abschütteln; mir würde weiterhin eine Idee fehlen.

Aber das versuchte ich zu vermeiden. Genau deshalb wollte ich in La Réunion bleiben, wenigstens noch für eine oder zwei Wochen. Ich brauchte diese Zeit. Ich brauchte sie wirklich. Deshalb sagte ich zu Joëlle: „Komm gut nach Hause."

11

Ich traf Jean-Louis im Café „Ice Spot" in Roches Noires. Er hatte sich eine Welle auf den Rücken tätowiert, die Welle nahm den ganzen Rücken ein. Mächtig stolz zog er das T-Shirt aus und zeigte sie mir. „Soll ich mir Farbe reinmachen lassen?"

„Sieht auch so ganz gut aus. Welche ist das?"

„Rate mal."

„Saint-Leu?"

„Das hat dir jemand verraten! Wer? Sag's mir!"

„Verrat' du mir was anderes: Was ist mit Abasse passiert?"

Ich hätte das Spiel mit der Welle auf seinem Rücken nicht so rasch verderben sollen; vielleicht hätte ich ihn auch erst einmal ein wenig von den anderen Tätowierungen erzählen lassen sollen, die er sich in den Jahren zusammengespart hatte. Jean-Louis schaute mich sehr misstrauisch an. Wir hatten uns lange nicht mehr gesehen, die Zeit in Paris hatte mich zu einem Fremden gemacht; ob er mir alles erzählen wollte? Er zögerte. „Wie heißt der?", fragte er mich und zeigte auf den nackten Hund, den ich an der Leine führte.

„Ich habe noch keine Zeit gefunden, ihm einen Namen zu geben. Ich könnte dir aber die ganzen Krankheiten nennen, die an ihm behandelt werden."

Jean-Louis lachte. Dann wurde er wieder ernst. Er sagte: „Es gibt Gerüchte. Abasse soll tot sein. Ich bin mir nicht sicher. Ich war nicht dabei, als es passiert war. Es gibt auch welche, die was ganz anderes sagen, die meinen, Abasse hat ein Flugzeug genommen und lebt jetzt in Neukaledonien. Er surft dort auf der Bourail."

Ich versuchte, mich daran zu erinnern, was man mir einmal über die Bourail in Neukaledonien erzählt hatte. Die Bourail soll eine sehr schöne Welle sein, aber man muss mit dem Boot zwanzig Minuten hinausfahren. Außerdem sind die Wetterbedingungen nicht ideal, der Wind erhebt sich sehr früh und macht die Welle kaputt; wenn man die Bourail surfen möchte, muss man um vier Uhr morgens aufstehen – und bis man über das Riff gekommen ist, bleibt einem, wenn überhaupt, nur eine Stunde.

Jean-Louis sagte: „Wenn du wirklich wissen willst, ob Abasse noch lebt, musst du nach Neukaledonien fliegen."

Ich stellte mir vor, wie ich dorthin flog, in ein Boot stieg und in den frühen Morgenstunden hinaus zur Bourail fuhr. Wenn sich der Wind noch nicht erhoben hatte, würde ich dort Abasse finden. Und fände ich ihn nicht, stimmten die Gerüchte: Abasse wäre tot.

„Pierre-Yves war dabei", sagte Jean-Louis. „Es war in Le Port. Frag mal Pierre-Yves. Der hat es übrigens zu was gebracht; das wirst du sehr schnell herausbekommen."

Ich bekam es heraus.

Ich stand vor dem Haus, das sich Pierre-Yves auf einen Hügel in La Possession gebaut hatte; es war ein sehr großes Haus, zu dem eine steile Auffahrt hinaufging. Ich stand unten vor dem schmiedeeisernen Tor und betätigte die Klingel. Ein großer, reinrassiger und bestimmt sehr teurer Windhund kam zu mir hinuntergelaufen, steckte die spitze lange Schnauze durch das schmiedeeiserne Tor und bellte meinen Hund an, der sich rasch hinter meinen Beinen verkroch. Pierre-Yves erschien oben auf der Veranda und rief den Windhund zurück. Der Name des Windhunds klang genauso ambitioniert wie der alphanumerische Name eines entfernten Planeten. Das schmiedeeiserne Tor ging auf; ich lief zusammen mit meinem verängstigten Hund die steile Auffahrt hinauf zu diesem großen Haus und sah, wie Pierre-Yves dort von der Veranda auf mich herabschaute.

Ich betrat die Veranda und musste sofort auf die Narbe schauen, die Pierre-Yves auf der Stirn hatte. Es war aber keine besonders sichtbare Narbe – Pierre-Yves musste einen Arzt gefunden haben, der etwas vom Vernähen verstand. Wegen der Narbe fühlte ich mich daran erinnert, unter welchen Umständen ich La Réunion verlassen hatte – und jetzt stand ich vor Pierre-Yves und glaubte, er würde nicht zögern und sofort auf die von mir damals gemachten Fotos kommen.

Pierre-Yves bot mir einen Stuhl an und sagte, er würde einige „Dodos" aus der Küche holen. Als er sich umdrehte und ins Haus ging, bemerkte ich, dass er sich auf einen Gehstock stützte. Seine langen, blonden Haare waren etwas grau geworden. Pierre-Yves schien vorzeitig gealtert zu sein. Ich fragte mich, ob er krank war.

Pierre-Yves kam wieder auf die Veranda, stellte die „Dodos" auf den Tisch und setzte sich ebenfalls in einen Stuhl. Es dauerte einige Zeit, bis er sich hingesetzt hatte; jeder seiner Bewegungen war greisenhaft langsam, er schien große Schmerzen zu haben.

„Du hast ein sehr schönes Haus“, sagte ich, „wie bist du dazu gekommen?“

Pierre-Yves schaute sich selbstzufrieden um, ganz so, als wollte er bestätigen, dass auch er sein eigenes Haus sehr schön fände; es sei eben eine Veränderung verglichen zu dem Haus im Chemin de Surprise. In den Jahren hätten sich die Dinge für ihn entwickelt.

Er sagte mir, dass er viel daran gearbeitet hätte, Surfen auch auf La Réunion zu einem Wettkampfsport zu machen; eine sehr große Zahl von internationalen Wettkämpfen hatte er in den Jahren auf die Insel holen können. Auch hätte er zum Aufbau einer Surfliga in La Réunion beigetragen; die erste Institution dieser Liga wäre eine Surfschule gewesen, die er geleitet hatte.

Pierre-Yves erzählte von seinen Erfolgen.

Der Sportausschuss des Conseil Général hatte entschieden, Pierre-Yves mit seinen besten vier Schülern zu den Surfweltmeisterschaften nach Bali zu schicken. Da Pierre-Yves zum ersten Mal auf eine Surfweltmeisterschaft fuhr, war er sehr schlecht vorbereitet – sein Team hatte keine französische Flagge. Kurz vor dem Wettkampf fuhr Pierre-Yves deshalb noch rasch nach Denpasar, der Hauptstadt von Bali, ließ dort eine Flagge anfertigen, fuhr wieder zurück zur Wettkampfstätte und gab die Flagge ab. Am nächsten Tag wurden die Flaggen von allen Nationalitäten gehisst: Amerika, Australien, Neuseeland, Südafrika, Portugal, Spanien – und auch die Flagge von Frankreich. Pierre-Yves wusste nicht, in welcher Größe er die Flagge hatte anfertigen lassen müssen; in Denpasar hatte er gesagt „In etwa so lang und so breit." Die Flagge wurde so lang und so breit, wie er es mit ausgestreckten Armen hatte zeigen können. Die Flagge von Frankreich wurde neben all den anderen Flaggen gehisst, und sofort wusste Pierre-Yves – und jeder andere – dass etwas nicht stimmte. Die Flagge war nicht rechteckig, sie war quadratisch, und sie war im Vergleich zur genormten Größe aller anderen Flaggen viel zu klein; sie flapperte inmitten all der anderen Flaggen mickerig und verloren am Mast – alle lachten über Pierre-Yves, über sein Team, über die Franzosen. Sie sagten: „Look at the frogs!"

Aber nicht nur die Flagge war viel zu klein, auch das Team von Pierre-Yves war viel zu klein. Es bestand ja nur aus Pierre-Yves und seinen vier Schülern. Die Amerikaner dagegen hatten einen Trainer, mehrere Coaches, einen psychologischen Betreuer, einen Kinetherapeuten und vierzehn Wettkampfteilnehmer; auch die Australier und die Neuseeländer hatten ähnlich große Teams. Wieder lachte man über Pierre-Yves und sein Team: „Look at the frogs!" Der Wettkampf dauerte insgesamt vier Tage. Schon am Ende des zweiten Tages zeichnete sich ab, wo Pierre-Yves mit seinem Team stand. Die Leute konnten nicht glauben, dass Pierre-Yves' Schüler so gut surfen konnten, sie fragten, von wo in Frankreich sie kämen. La Réunion kannten sie nicht. Sie kannten Mauritius; von Madagaskar hatten sie gehört, aber La Réunion – nein. Ab dem dritten Tag sagte niemand mehr: „Look at the frogs!" Am vierten und letzten Tag sagten einige: „Fuck the frogs!" Das war, als Pierre-Yves' Schüler die

Weltmeisterschaft gewonnen und damit den ersten Weltmeisterschaftstitel für La Réunion überhaupt geholt hatten.

Pierre-Yves und sein Team verbrachten noch einige Wochen auf Bali und auf den anderen Inseln Indonesiens. Sie sahen die Surfspots von Uluwatu und Padang Padang, und die auf Sand brechenden Spitzen in Kuta Beach. Als sie wieder zurück in La Réunion waren, wurden sie vom Präsidenten der Insel geehrt. Pierre-Yves wurde noch stärker vom Sportausschuss eingebunden; er bestimmte mittlerweile die Surfpolitik in La Réunion. Ja, für ihn hatten sich die Dinge entwickelt.

„Bist du krank?", fragte ich ihn.

„Das frage ich mich über deinen Hund. Der sieht ziemlich mitgenommen aus."

„Es ist heilbar."

„Bei mir mittlerweile auch."

„Dann bist du wirklich krank?"

„Nicht mehr lange."

„Nicht mehr lange – was?"

Pierre-Yves erzählte mir, im Centre Européen de Rééducation du Sportif in Cap Breton hätte sich jemand seine Rückenwirbel etwas genauer angeschaut und gesagt, zwischen den Wirbelfingern hätte sich der Knorpel abgenutzt – eine Folge von den vielen Jahren, die Pierre-Yves auf dem Surfbrett gelegen und die Wirbelsäule unnatürlich durchgedrückt hatte. Die aufeinanderliegenden Wirbelfinger waren erst blank und dann porös geworden – das war der Grund für seine Schmerzen und für sein Gehen am Stock. „Nächsten Monat fliege ich nach Paris. Mir wird neuer Knorpel eingespritzt. Knorpel vom Hai."

„Und dann ist alles wieder gut?“

„Abgesehen davon wachsen mir die Gehörgänge zu, ein Abwehrmechanismus gegen das Meer, ich muss sie mir aufbohren lassen, ein unangenehmer Eingriff.“

„Wer sagt schon, Surfen hätte keine Nebenwirkungen?“

„Ja, wer sagt das?“

„Geht es den anderen auch so? Wie geht es Abasse?“

„Abasse? Wer interessiert sich für den?“

„Es gibt Gerüchte, er sei tot.“

„Mich trifft keine Verantwortung, Abasse wollte das selbst.“

„Was wollte er selbst?“

Pierre-Yves erzählte mir von Abasse. Ich erfuhr, was Abasse geschehen war – und ich fragte mich, was das für mich bedeutete.

Abasse war nur noch ganz selten in Saint-Leu gewesen, beim Surfen kam Abasse nicht mehr richtig aufs Brett, und wenn er aufs Brett kam, ritt er in einer geraden Linie auf der Welle. Er konnte nicht mehr manövrieren, seit er bei einem Tauchgang zu schnell hochgekommen war; Stickstoff war noch im Körper gewesen und hatte Gasblasen in den Beinen gebildet; die Gasblasen hatten das Gewebe zerstört und ihn lahm gemacht.

Irgendwann sah ihn niemand mehr. Das war die Zeit, in der sich in Saint-Leu sehr viel veränderte. Die Leute wurden rücksichtsvoll, Touristen waren willkommen, neue Cafés machten auf, Wettkämpfe wurden geplant. „Vielleicht bekommen wir die World Champion Tour wieder nach La Réunion“, sagte Pierre-Yves, „ich habe das mit der Association of Surfing Professionals besprochen. Aber die will Sicherheit bei der Organisation, die will Garantien, Geld muss auf den Tisch gelegt werden."

„Ist Abasse noch am Leben?"

Pierre-Yves zögerte mit der Antwort. Dann sagte er: „Letztes Jahr im August, in Le Port, ich habe ein paar Telefonanrufe gemacht, Jetskis organisiert, Fotografen, auch welche vom Fernsehen …"

Pierre-Yves erzählte, dass in Le Port sehr große Wellen vorhergesagt worden waren. Abasse war auch gekommen; er wollte in den großen Wellen surfen. Einer der Jetski-Fahrer zog ihn. Es war keine besonders große Welle, acht oder neun Meter nur, Abasse glitt sie hinab und hätte eine Wende machen müssen, er hätte Höhe behalten müssen, bei großen Wellen war es wichtig, Höhe zu behalten, man weiß nie, wann die Lippe herauskommt und ins Tal fällt, aber wenn sie kommt, darf man nicht im Tal sein. Abasse aber glitt das gesamte Gesicht der Welle ab; dann kam die Lippe heraus und hätte ihn fast erschlagen, aber sie schlug hinter ihm auf, bildete eine Schaumwalze, die Abasse vor sich her zum Ufer schob, immer weiter zum Ufer. Abasse konnte nicht mehr zurück.

Am Ufer von Le Port gibt es große Steine, die mit den Wassermassen das Ufer hinauf und wieder zurück ins Meer rollen. Es sind richtige Brocken; sie erzeugen ein sehr lautes Rauschen, von dem man meinen könnte, es sei das Rauschen des Meers, aber sie sind es, die aneinanderschlagen.

Am Ufer von Le Port fiel Abasse vom Brett. Das Wasser war nicht besonders tief, Abasse konnte sich im Wasser aufrichten, für einen Moment stand er dort, ein paar Schritte hätte er gehen müssen und wäre an Land gewesen, aber das Wasser, das ihn bis dorthin geschoben hatte, hatte auch die Steine das Ufer hinaufgeschoben. Das Wasser wich wieder zurück und mit ihm die Steine; Abasse glitt mit ihnen zurück und geriet in die nächste Welle hinein, die ihn zusammen mit den Steinen herumschleuderte. Ich wüsste ja, wie das wäre, in eine brechende Welle zu geraten, aber es wäre noch etwas anderes, wenn sie nicht nur Wasser auswarf, sondern auch Steine. „Er ist erschlagen worden“, sagte Pierre-Yves, „Wir konnten ihn nicht mehr finden.“

In den darauffolgenden Tagen erinnerte ich mich an die Zeit, die ich mit Abasse verbrachte hatte. Diese vielen Monate, die wir auf der Welle von Saint-Leu zusammen gesurft waren. Die Nachmittage und Abende im Club Nautique. Die vielen Besuche bei ihm und bei Pierre-Yves im Chemin de Surprise. Es gab vieles, was ich Abasse sagen wollte. Ich wollte auch über die Fotos reden, die ich von ihm gemacht hatte. Aber das konnte ich nicht mehr.

Ich spürte, dass ich etwas für Abasse tun musste. Ich musste mich von ihm verabschieden. Ich wollte es. Darauf wollte ich die Zeit auf La Réunion verwenden. Wenn ich mich verabschiedet hatte, würde ich nach Paris zurückkehren, den nächsten Job annehmen, den James mir gab, mit Hélène eine Lösung finden; auf irgendeine Weise weiterleben – mich entweder durchmogeln oder doch noch zu etwas kommen, ich wusste es nicht. Aber von Abasse wollte ich mich verabschieden. Ich hatte eine sehr genaue Vorstellung, wie ich es tun wollte.

Auch wenn sich Abasse am Ende mit niemandem mehr verstanden hatte, kamen fast alle. Mathieu kam, Yves-Bernard kam, Frédéric kam, Gérard, Thierry, Simon, Guy, Hervé, Mark, Clément, Ibrahim – sie alle kamen. Auch Jean-Louis. Auch Valérie.

Ich sah sie wieder und dachte, wie sie sich alle ein wenig verändert hatten. Einige hatten zugenommen, andere hatten abgenommen – bei den meisten hatte die Sonne die Haut altern lassen.

Ibrahim trug ein buntes Hemd mit Knöpfen aus Kokosnussholz, er schaute mich offen und freundlich an. Aber ich wusste, dass er immer noch auf seinem Boot im Hafen von Saint-Denis lebte und mit jedem Jahr mehr und mehr verkauzte.

Hervé lachte sehr viel, allerdings mit einer heiseren Raucherstimme. Er hatte mittlerweile zwei Surfshops und ein Hotel, und im nächsten Jahr sollte noch ein Geschäft für italienische Kacheln dazukommen.

Sehr lange hatte ich darüber nachgedacht, welche Blumen ich für Abasse nehmen würde. Erst wollte ich Orchideen. La Réunion ist so üppig bewachsen mit Orchideen. Sie wachsen an Felswänden herab und bilden bunt leuchtende Wasserfälle, sie wachsen an Bäumen empor und in Kronen hinein und entfalten dort ihre Farbe. Aber die Schönheit der Orchidee hatte zu tun mit ihrer komplizierten Blütenform, die nicht gut auf dem Wasser liegen würde – der Blütenkopf würde sich nach unten drehen. Die Orchidee würde im Wasser treiben, als wäre sie tot.

Auch die Bougainvillea hatte eine komplizierte Blüte und eignete sich nicht.

Ich entschied mich für die Frangipani – vielleicht auch deshalb, weil ich sie oben am Chemin de Surprise fand. Die Abhänge entlang des Chemin de Surprise waren dicht bewachsen mit Frangipani-Sträuchern. Frangipani-Blüten würden wie flache Schüsseln auf dem Wasser liegen und wegen ihrer wächsernen Blätter nicht in sich zusammenfallen.

Einen halben Tag pflückte ich Frangipani-Blüten, packte sie auf einen dreirädrigen Piaggio-Lader und fuhr damit in die Bucht von Saint-Leu.

Ich hatte allen gesagt, dass wir uns um vier Uhr an Abasse erinnern wollten. Am Ende kam sogar Pierre-Yves.

Es war nicht einfach gewesen, Pierre-Yves dazu zu bewegen; er hatte mir gesagt: „Ich bin meinen Sponsoren gegenüber verpflichtet, ich möchte nicht, dass jemand meine Loyalität in Frage stellt."

Genau darauf wurde er dann angesprochen. Nicht nur der „Quotidien" und das „Journal de l'Île" kamen, es kam auch das Fernsehen. Antenne Réunion und TV5. TV5 – das Festlandfernsehen.

Pierre-Yves war gerade aus dem Auto gestiegen, hatte ein Surfbrett – es war ein Minimalibu – aus dem Kofferraum geholt, stützte sich auf seinen Gehstock und ging zum Piaggio-Lader, um sich einige Blüten zu nehmen. Die Kameras von Antenne Réunion und TV5 richteten sich auf ihn und leuchteten sein Gesicht aus. Mikrofone wurden ihm vor die Nase gehalten – und ein Reporter sagte: „Sie sind sich doch im Klaren, dass Sie hier jemandem gedenken, dem es immer darum gegangen war, die Entwicklung des Surfsports zu sabotieren."

„Bei der ganzen Entwicklung, die der Surfsport durchgemacht hat, darf man nicht diejenigen vergessen, die diesen Sport überhaupt erst begonnen haben und dafür alles aufgeben mussten."

Der Reporter unterbrach Pierre-Yves und sagte: „Abasse hat die World Champion Tour sabotiert und La Réunion großen Schaden zugefügt."

„Das ist richtig. Abasse hatte etwas gegen die World Champion Tour – und gegen das Surfen als Wettkampfsport. Dafür hatte er viele Gründe. Wir haben das häufig diskutiert. Abasse sagte immer, dass die Wettkämpfe das Surfen nicht verbessert haben; die meisten Figuren wurden längst gesurft, bevor es Wettkämpfe gab. Wettkämpfe führen Altersbeschränkungen und Geschlechtskategorisierungen ein, sie unterscheiden danach, wer besser und wer schlechter ist, sie benennen einen Sieger. Abasse sagte immer, dass es darum nicht gehen dürfe. Wer mit dem Surfen beginnt, will nicht siegen, er will bloß eine Welle reiten – er will eine wundervolle Zeit haben. Das hat Abasse immer gesagt. Damit erkläre ich Ihnen Abasse. Ich denke, das ist wichtig, denn es erklärt auch, weshalb ich heute hier bin. Natürlich habe ich seine Meinung nicht geteilt. Ich selbst habe die World Champion Tour nach La Réunion geholt, und ich habe dazu beigetragen, dass Surfen zu einem Wettkampfsport geworden ist. Warum ich das getan habe? Abasse konnte oder wollte das nie verstehen. Aber das Surfen war ein anrüchiger Sport, der verbunden wurde mit Asozialen und Drogen. Eltern fürchteten, das Surfen könnte einen schlechten Einfluss auf ihre Kinder haben; sie hielten ihre Kinder vom

Surfen ab. Es ist traurig, ein Kind zu sehen, das aufs Meer und auf die Wellen schaut und nicht das erleben darf, was ich selbst erlebt habe. Mir ging es darum, den Surfsport zugänglich zu machen; und er lässt sich zugänglich machen, wenn man einen Wettkampf veranstaltet. Es gibt Urkunden, Medaillen, Pokale – es gibt Erfolgserlebnisse, die sich Eltern für ihre Kinder wünschen. Und es gibt berühmte Surfer, die als Vorbilder dienen. Durch das Austragen von Wettkämpfen wurde das Surfen besser verstanden. Eltern begannen, ihren Kindern das Surfen zu erlauben. Darum habe ich mich bemüht. Abasse hat mir das übelgenommen – und was er mit der World Champion Tour gemacht hat, das hat uns alle sehr weit zurückgeworfen. Trotzdem möchte ich mich heute an Abasse erinnern. Ich glaube nämlich, dass Abasse – wenn es um das Surfen in La Réunion geht – in unserer Mitte steht, und würde Abasse nicht in unserer Mitte stehen, hätte der Surfsport keine Mitte."

Pierre-Yves legte die Blüten auf sein Minimalibu, ging etwas schwerfällig am Reporter vorbei und zum Meer hinunter. Der Reporter rief ihm hinterher: „Sehen Ihre Sponsoren das auch so?" Aber Pierre-Yves war schon zu weit weg, und was Pierre-Yves sagte, das sagte er zu sich selbst. Er sagte: „Auch Markenprodukte brauchen ihre Authentizität."

Er legte den Gehstock in den Sand, befestigte die Leine an seinem Fuß, ging einige Schritte ins Wasser, legte sich auf das mit Blüten beladene Manimalibu und paddelte zu den anderen hinaus.

Ich machte Fotos davon, wie wir uns von Abasse verabschiedeten. Fotos von Gesichtern, die mit Oxyplastine weiß eingecremt waren. Yves-Bernard mit seinem verbeulten Sonnenhut und der alten Sonnenbrille, von der der Lack abblätterte. Frédéric mit seiner Wasserballbadekappe – diesen gelöcherten Plastikschüsseln auf den Ohren. Der unter dem Berg von Frangipani-Blüten verschwindende Piaggio-Lader. Wie sich jeder mit Blüten belud, sie aufs Surfbrett legte und damit hinaus zur Welle paddelte. Wie sich alle auf der Welle einfanden, auf ihren Surfbrettern lagen, sich an den Händen nahmen und eine Kette bildeten, die sich bald zu einem Kreis schloss. Wie sie alle gleichzeitig die Blüten in die Mitte des Kreises warfen. Der Flug der zahllosen Blüten durch die Luft. So üppig und übervoll, so bunt und farbenstark. Wie die Blüten auf dem Wasser landeten, sich verteilten und in die Welle trieben – zahllose, kleine, bunte Bötchen, die in der Welle surften – so, wie es Abasse immer getan hatte.

Manche paddelten wieder zurück, setzten sich in den Club Nautique und unterhielten sich. Andere surften ein wenig. Auch davon machte ich Fotos. Wie Jean-Louis durch den grünen Raum surfte – auf seinem Rücken das tätowierte Abbild der Welle von Saint-Leu. Wie Gérard mit dem Brett unter der Welle durchtauchte und große Luftblasen an seinen Nasenlöchern klebten. Wie die Welle ihre Lippe herauswarf. Die vielen Ausformungen der Welle – ihre Taschen, Stufen, Hütchen.

Einige Tage später rief ich Hélène an und sagte ihr „Ich lande morgen früh in Paris Charles-de-Gaulle, aber hol mich bloß nicht ab.“ Hélène sagte etwas, das ich nicht verstand, weil der

Hund so laut bellte. „Wie? Bringst du einen Hund mit?“, fragte sie – ihre Stimme hellte sich auf.

„Vielleicht finde ich in Paris jemanden, der ihn adoptiert.“

„Und wenn nicht?“

„Dann müssen wir ihn behalten.“

„Ist es ein hübscher Hund?“

Die Haut des Hundes war einigermaßen verheilt, aber bis das Fell nachgewachsen war, würden Monate vergehen. „Er ist ausgesprochen hässlich.“

„Dann werden wir ihn behalten müssen!“

Wir lachten beide. Unser Lachen gab uns Hoffnung.

Um kurz vor Mitternacht bestieg ich das Flugzeug. Nach dem Start drehte es eine Kurve. Wieder konnte ich auf La Réunion schauen. Die Insel ragte mit schwarzen Bergen aus dem schwarzen Meer heraus; das Stadtzentrum von Saint-Denis war ein See aus Licht, die Lichter zogen sich die ganze Küste hinunter bis nach Saint-Paul, zahllose, eng beieinanderliegende Lichtpunkte, die auch entlang der Straßen hinauf in die Berge führten. Wie weit das Licht die Berge hinaufgekommen sei, dachte ich, und ich dachte an die in den Jahren immer weiter gewachsene Bevölkerung; die neu hinzugekommenen Menschen, die sich einen Platz immer weiter oben in der sich an den Berghängen stauenden Wolkendecke suchten, weil sie nicht den Preis für die Sonne bezahlen konnten, die unten an der Küste schien und das Leben dort teuer gemacht hatte.

Vor dem Abflug hatte ich es gerade noch geschafft, die Fotos beim Score in Saint-Paul abzuholen. Ich schaute sie mir an. Einige Fotos waren unscharf und verwackelt, in vielen war die

Farbe durch das harte Sonnenlicht ausgebrannt, die Flächen, auf die die Sonne geschienen hatte, waren fahl. Es hatte sehr lange gedauert, bis alle auf den Brettern zur Welle hinaus gepaddelt waren; je länger es gedauert hatte, umso weiter war die Sonne herabgekommen; das Licht war milder geworden, auf den später gemachten Fotos kamen die Farben hervor.

Ich betrachtete die Fotos, in denen die Farben am stärksten herausgekommen waren. Die bunten Surfbretter, Ibrahim in seinem bunten Hemd, die farbenstarken Frangipani-Blüten. Ich dachte auch über die Orchideen und Bougainvillea nach, die ich für Abasse hatte pflücken wollen; die farbenstarken Eindrücke, die mir ihre Blüten geliefert hätten.

Ich wanderte in Gedanken noch einmal durch die Landschaft von La Réunion und wurde mir der leuchtenden Farben gewahr. Die Filaos-Bäume an den Stränden der Hermitage, die bunten Hängematten; die Vacoas-Wälder im Süden bei Saint-Joseph und der nach dem Regen rot aufblühende Flamboyant-Baum; die Hügel der Zuckerfabrik von Bruniquel mit den tiefgrünen Zuckerrohrfeldern – weit oben in den Wolken die Nebelwälder mit den dicht mit Baumfarn überwachsenen Tamarindenbäumen: ich wollte wissen, ob das Chamäleon wieder die gleiche Farbe hatte, die es hatte, als ich es dort zum ersten Mal sah.

Ich erinnerte mich an die Fotos, die ich damals gemacht hatte, als die World Champion Tour abgebrochen wurde. Es waren Fotos, die für mich ein Ende markierten. In der ganzen Zeit, die ich danach fotografierte, konnte ich keinen Weg für mich finden. Nicht einmal den Anfang eines Weges.

Ich dachte über die Kraft der Farben auf La Réunion nach. Eine Kraft, die der Erinnerung an Abasse etwas so sehr Lebendiges verliehen hatte. Ich fragte mich, ob ich die Kraft von Farben nicht auch in Paris einfangen könnte. Vielleicht war das ein Anfang für meine Fotografie. Vielleicht war das ein Weg, den ich gehen konnte.

Dank

Für die Begegnungen mit der Prinzessin war das Buch „Dicing with Di“ von Mark Saunders und Glenn Harvey besonders hilfreich. „The Diana Chronicles“ von Tina Brown lieferten wichtige Informationen. Eine weiterführende Einsicht in das Surfen boten „The Encyclopedia of Surfing“ von Matt Warshaw und „Surf Rage“ von Nat Young. Wikipedia vermittelte das Verständnis darüber, wie eine Hornhauttransplantation vorgenommen wird. Darüber hinaus möchte ich mich bedanken bei Christophe Mulquin, Ery Courtois, Ludovic Villedieu, Kerstin Lange und Tor Seidel.

2017

www.mitteldeutscherverlag.de

Gesamtherstellung: Mitteldeutscher Verlag, Halle (Saale)
Umschlagfotografie: © Ray Collins
Lektorat: André Schinkel, Halle (Saale)

ISBN 978-3-95462-781-3

Printed in the EU